KB114076

魔刀

마도휘
진조

요람 新무협 판타지 소설

FANTASTIC ORIENTAL HEROES

마도 진조휘 1

요람 新무협 판타지 소설

초판 1쇄 찍은 날 § 2016년 3월 28일
초판 1쇄 펴낸 날 § 2016년 4월 4일

지은이 § 요람
펴낸이 § 서경석

편집책임 § 고승진

펴낸곳 § 도서출판 청어람
등록번호 § 제387-1999-000006호
등록일자 § 1999. 5. 31
어람번호 § 제2-2651호

주소 § 경기도 부천시 원미구 부일로 483번길 40 서경B/D 3F (우) 14640
전화 § 032-656-4452 팩스 § 032-656-4453
http://www.chungeoram.com
E-mail § chungeorambook@daum.net

ⓒ 요람, 2016

ISBN 979-11-04-90719-7 04810
ISBN 979-11-04-90718-0 (세트)

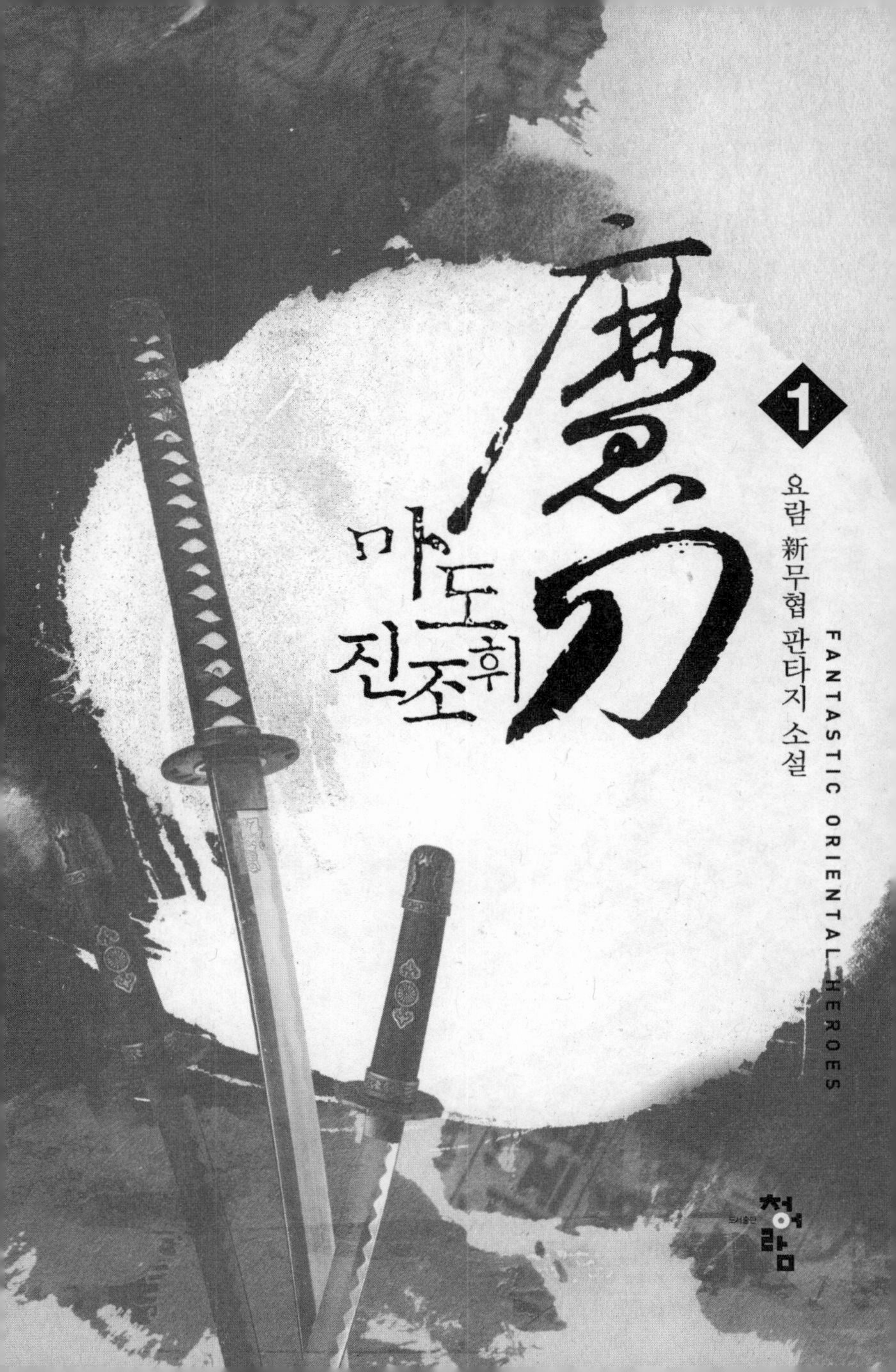
마도
진조휘
1
요람 新무협 판타지 소설
FANTASTIC ORIENTAL HEROES
도서출판
청어람

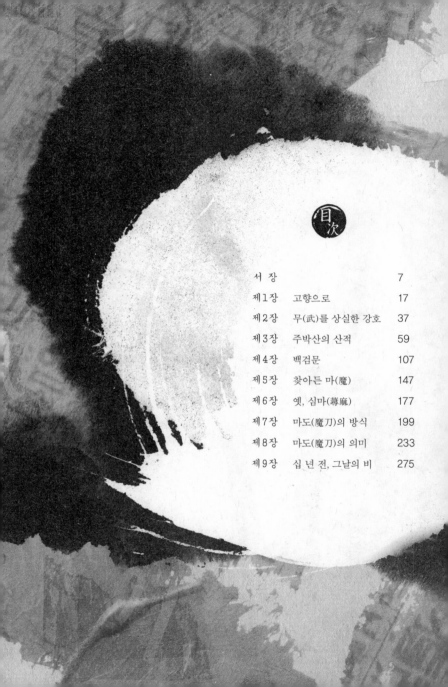

目次

魔刀

마도진조휘

서장

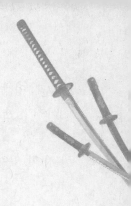

"진 십장, 고생했네. 여기 증명패일세."

"감사합니다."

연 백호장이 건넨 증패를 받아 든 진조휘(眞朝輝)는 담담하게 대답은 했지만, 긴장과 환희에 바르르 떨리는 기색을 완전히 감추지는 못했다. 십 년 만에 징집이 끝나고 이렇게 군역을 종료한다는 증패를 받게 되었다. 그러니 어찌 안 떨릴 수 있을까.

"고생했네. 자네가 내 밑에 있어서 참 다행이었네. 하하!"

"아닙니다."

"그래, 이제 나가서 무얼 할 생각인가?"

"아직 정한 것은 없습니다."

"그런가."

"정 할 일이 없으면 고향으로 돌아가 농사라도 지을 생각입니다."

"하하하!"

조휘의 말에 연 백호장이 탁자를 내려치며 웃었다. 정말 웃겼는지 눈물까지 찔끔 흘리고 있었다.

"왜놈들이 마도라 두려워하며, 칙칙한 도만 봐도 도망치게 만들었던 이가 농사일이라? 으하핫!"

"……"

백호장의 농지거리에 조휘는 씁쓸한 미소를 감추지 못했다.

죄를 짓고 이곳 광동성 뢰주(雷州)에서 십 년 동안 군문에 복역하면서 얻은 별칭이 마도(魔刀)였다. 우연히 전리품으로 얻게 된 거무튀튀한 왜도 한 자루가 조휘의 별명이 된 것이다. 살벌한 별호였고, 듣기 좋은 별호도 아니었다.

"내가 이 나이 되도록 할 줄 아는 거라곤 배를 모는 것과 싸움밖에 없다만, 그것 빼고 그래도 기어이 하나를 더 꼽자면 사람 보는 것일세. 내 장담하지. 진 십장, 자네는 분명 농사일을 할 수는 없을 것이야. 하하!"

"이거 새 출발하는 사람에게 악담이 너무 심하신 것 아닙니까?"

"이런, 그랬나? 그랬다면 사과하지. 하하! 자네가 내 곁을 떠난다는 사실에 내 너무 농담이 과했나 보이. 하하하!"

"……"

조휘는 그저 차분하게 미소만 지었다. 조휘는 조정에서 녹을 먹는 사람들을 그다지 좋아하지 않았다. 살인도 아니고, 힘 좀 쓰는 집안 자제의 머리통을 후려쳤다고 십 년이나 자신을 복역시켰기 때문이다.

과한 형벌이었다. 이 과정에서 그 상대 집안의 입김이 있었다는 것은 세 살배기 애들도 알 일이었다. 그러니 조휘는 조정의 녹을 먹는 이들을 좋아하지 않는다. 하지만 연 백호장만은 믿고 따랐다.

드물게 수하들을 제 자식처럼 챙기는 게 바로 연 백호장이었다. 가망이 없는 작전에는 목이 칼이 들어와도 내보내지 않았으니까 말이다.

감히 백호장이 그런 강단을 보였다간 군복을 벗게 마련이지만, 연 백호장의 집안이 워낙에 대단했다. 그래서 감히 연 백호장에게 뭐라 할 수 있는 사람은 이곳 뢰주 군부에는 아무도 없었다.

"그래, 이제 어디로 갈 생각인가? 갈 곳은 정하고 가야 하지 않겠나?"

"일단… 부모님 묘소부터 찾을 생각입니다."

"그럼 찾아뵈어야지. 그럼 꽤나 먼 길이 되겠구먼."

"네, 절강성 소산까지 가야 하니, 긴 여정이 될 것 같습니다."

"조심히 가게. 녀석들에게 인사는 했나?"

"그냥 조용히 갈까 합니다."

"아마 그랬다간 난리가 날 걸세. 특히 장산이 녀석은 자네를 죽이네 살리네 아주 발광을 떨 게야. 하하!"

"그걸 말리는 게 백호장님 역할 아닙니까? 하하."

녀석들이란 말에 처음으로 조휘가 소리 내어 웃음을 흘렸다. 녀석들이란, 조휘가 이끌던 타격 부대의 인원들을 말했다. 십장이었던 조휘다. 하지만 실제로는 연 백호 아래 모든 병사들을 실제적으로 통솔했다. 그리고 그놈들 모두 조휘가 직접 훈련시키고, 스스로의 목숨까지 걸어 지켜냈던 녀석들이다.

모두가 자신처럼 억울한 사연을 가득 안고 있는 녀석들이라 그런지 조휘는 아주 끔찍하게도 밑에 수하들을 챙겼다.

"이제 자네가 떠나고 나면 내 누구를 믿고 휘하 부대를 맡겨야 할지 벌써부터 고민이라네."

"십일조 검영이 적당할 듯합니다. 수하를 아낄 줄도 알고 작전에 대한 이해도 뛰어나고, 검을 다루는 실력도 뛰어나니까요."

"하지만 너무 어리지 않나."

"사내 나이 스물다섯이면 어엿한 장부입니다."

"그렇긴 하지. 하지만 반발은 있을 걸세."

"휘어잡을 능력이 안 되면 그때 가서 다른 이를 물색해 보면 되겠지요."

"음, 그래야 하나…… 역시 자네가 있었을 때가 좋았는데 말이야. 하하."

"설마 남으라는 소리는 하지 않으시겠지요?"

"하면 남아줄 겐가?"

"넣어두십시오. 하하."

연 백호장의 농에 조휘도 농으로 마주했다. 평상시에는 이렇게 말이 많은 편이 아닌 조휘지만, 오늘은 그토록 기다리던 군문을 나서는 날이라 그런지 농까지 술술 나왔다. 막사 밖으로 힐끔 시선을 주는 연 백호장.

해가 이미 중천에 걸려 있었다. 조금 남은 차를 비운 연 백호장이 넉넉한 미소와 함께 다시 말을 이었다.

"그래, 이만 가보게. 내 자네가 그리로 갈 것 같아 뢰주 상단에 말을 넣어 놓았네. 오늘 중으로 찾아가면 아마 같이할 수 있을 게야."

"가는 마당까지 감사합니다."

조휘는 깊게 고개를 숙였다.

연 백호장의 마지막 씀씀이가 가슴을 따뜻하게 만들어줬고, 인사는 그에 대한 보답이었다.

조휘는 자리에서 이어나 짐을 챙겼다. 짐이라고 해봐야 옷가지 몇 개. 은전 부스러기 조금, 그 외 잡다한 서적 몇 권, 그리고 허리에 찬 왜도 한 자루. 이게 전부였다.

조휘가 군례를 올리자, 연 백호장이 따뜻한 미소와 함께 고개를 끄덕였다. 그만 가보라는 뜻이었다.

막사를 나오자, 정오의 강렬한 햇빛이 조휘를 반겼다.

"아……!"

매일 보던 바닷가의 따가운 햇빛에 불과했지만 오늘은 느껴지는 감흥 자체가 남달랐다. 슬슬 가슴이 벅차오르기 시작하는 조휘.

이날을 얼마나 기다리고, 또 기다렸던가.

"후우……."

호흡을 가다듬고 진지를 벗어나는 조휘에게 진지 안에 있던 병사들의 시선이 날아와 꽂혔다. 대부분 하나의 감정을 가진 눈빛들이었다. 부러움.

한참을 걸어 입구까지 도달한 조휘는 증패를 꺼내 보이고는 밖으로 걸음을 뗐다.

저벅.

한 걸음 더 나섰을 뿐인데 세계가, 공기가 다르게 느껴졌다.

고개를 들어 다시 하늘을 보는 조휘.

여전히 해는 그 자리에 떠 있었다. 그래서 항상 같은 곳에 떠 있는 해에게 조휘는 그동안 벼르고 별렸던 다짐을 소리 내어 읊었다.

"이제는… 옛날처럼 당하고만 살지 않겠다."

그렇게 다짐한 후, 동쪽 하늘을 노려보는 조휘. 만약 살아서 군문을 벗어나게 되면 가장 먼저 할 일은 이미 그 옛날부터 정해져 있었다.

"소산적가."

기다려라…….

피의 복수가 뭔지 이제부터 보여주마.

왜구에게는 마도로 불렸던 진조휘는, 원한은 결단코 잊지 않는 남자였다.

제1장
고향으로

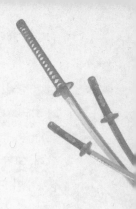

　여정은 순조로웠다. 백호장이 말을 잘해줘서인지 뢰주 상단에 도착하자마자 상행의 호위무사 직에 일시적이지만 취직도 할 수 있었다. 물론 뢰주에서는 알아주는 조휘의 마도라는 별호도 한몫 단단히 했다.

　남해의 왜구로부터 뢰주는 물론 도성인 광주까지 거의 전역을 책임지던 부대였던지라, 이쪽에서 마도라는 별호는 꽤나 알아줬다. 그래서 상단에 동원된 낭인들, 그리고 상단 자체의 무인들도 조휘를 고깝게 생각하지 않았다. 오히려 더 잘해줬다. 그래서 여정은 편안하고, 순조롭기만 했다.

"진 조장님!"

"왜 그러느냐?"

"여기, 저녁 식사 가져왔습니다!"

"그래, 고맙구나."

쟁자수가 가져온 식사를 손으로 받고 조용히 웃어주는 조휘. 조휘의 웃음에 진평의 얼굴도 활짝 폈다. 겨우 열두 살밖에 안 되는 어린 나이지만, 어려운 집안 살림에 한 손 보태겠다고 따라나선 녀석이다. 대견하기 그지없었다.

진평은 얼른 돌아가 자신의 몫으로 나온 식사도 받아 다시 조휘의 곁으로 왔다.

진평은 유독 조휘를 잘 따랐다. 이유는 두 사람이 전부터 면식이 있었기 때문이다.

일 년 전인가? 뢰주에서 동쪽에 있는 오천에 왜구가 약탈을 온 적이 있었다. 당시 조휘는 백부장과 함께 오문까지 원정을 갔다가 돌아오는 길이었다.

돌아오는 길에 떠오르는 뿌연 연기를 보고 백부장은 바로 왜구의 약탈이 있음을 알아차렸고, 뱃머리를 돌려 오천으로 향했다. 그리고 전투가 시작됐다.

조휘도 당연히 함께했다. 자신이 맡고 있던 일 조 조원 아홉을 데리고 깊숙하게 전진, 왜적장의 목을 베어버렸다. 마지막 왜구를 처단했을 때가 마침 진평의 집이 약탈당할 때였다.

다행히 늦지 않아 진평과 진평의 일가족을 무사히 구할 수 있었다. 진평과의 인연은 그렇게 시작됐다.

그 이후 당연히 다시 헤어졌다가, 이번 귀향길에 다시 만나게 됐다.

그래도 가는 길에 진평이 있으니 심심치는 않았다. 알아서 편의를 봐주니 한결 편안하기도 했고 말이다. 게다가 눈치도 좋아서 조휘를 귀찮게 하지도 않았다.

조휘는 잠시 진평을 보다가 다시 식사를 이어갔다. 찬이야 별로라지만, 귀향길에 제대로 된 찬을 바라는 것 자체가 사치였다.

식사는 금방 끝났다. 진평이 자신의 식기를 가지고 우물가로 씻으러 가자, 조휘도 조용히 일어나 도를 패용하고 숲으로 들어갔다.

조휘는 몸이 무뎌지지 않게 하려고 하루의 일정 시간을 몸을 푸는 데 사용했다. 저녁 먹기 전에 봐뒀던 공터로 갔는데 이미 선객이 있었다.

뢰주 상단의 이번 상행이 책임자이자, 상단주의 딸인 서문영(徐雯榮)이었다.

이제 방년을 좀 넘은 나이에, 아직도 혼인을 하지 않고 상단 일을 배우고 있다는 소문을 조휘도 들어 알고 있었다. 하지만 만나는 건 이번이 처음이었다.

부스럭거리는 소리에 누군가의 접근을 눈치챘는지, 들고 있던 검을 돌려 조휘 쪽을 겨누고 바라보는 서문영. 눈빛에는 경계의 기색이 담겨 있었다.

조휘는 바로 입을 열어 신분을 밝혔다.

"저, 진조휩니다."

"아, 진 조장이었군요."

"수련을 방해했습니다. 죄송하게 됐습니다."

"아니에요. 그보다 진 조장은 어쩐 일인가요?"

"몸이 무뎌지는 걸 막고자 몸을 좀 풀려고 왔습니다."

"아아, 그러시군요. 어쩌죠? 아직 제 수련이 끝나지 않았는데."

"내일 아침 일찍 하는 걸로 하겠습니다. 그럼."

조휘는 그렇게 말하고 등을 돌렸다.

선객이 있을 줄은 몰랐다. 그리고 아직 수련이 끝나지 않았다고 하니 오늘은 포기해야 할 성싶었다. 몸이 찌뿌둥하긴 하나, 하루 건너뛴다고 있던 실력이 도망가지는 않을 것이다.

그러나 서문영은 조휘를 그냥 보내줄 생각이 없어 보였다.

"마도라는 별호로 불렸다 들었어요."

"……."

조휘는 살짝 인상을 찌푸렸다.

허리에 차고 있는 왜도 때문에 붙은 자신의 별호. 군에서의 삶이 전부 녹아 있는 별호이기에 부정은 하지 않지만, 그렇다고 좋아하는 별호도 아니었다. 마귀 마(魔) 자가 들어가는 불길한 별호를 누가 좋아할까?

조휘가 대답을 않자 서문영이 한 걸음을 떼어 조휘에게 다가왔다.

"아니었나요? 뢰주 수군 타격대 소속, 마도 진조휘. 혹시 동명이인인가요?"

도발의 의미가 명백히 들어가 있는 그 말에 조휘는 다시 신형을 돌려세웠다.

"원하는 게 뭡니까?"

자연히 나가는 말투도 좋지 않았다.

조휘는 사실 이런 일을 한두 번 겪어 본 게 아니었다. 마도라는 별호를 얻고 나서부터는 달에 한두 번은 치렀던 행사 같은 일이었다. 항상 신병 중에 마도의 별호를 듣고 시비를 걸러오는 것들이 있었기 때문이다.

죄를 짓고 들어온 놈들이니 심성도 흉포해서, 좀 난다 긴다 하는 자들을 찾아 정신 못 차리고 시비를 건다.

그러고는? 죽도로 얻어터졌다.

밖에서 아무리 날고 기어도, 달에 두세 번 꼴로 왜구들과 전투를 치르는 병사들에게는 그저 주먹 좀 쓰는 애송이에 불과할 뿐이었다.

"한 번 겨뤄 봐요."

"후우……."

그런 애송이가, 여기에도 있었다.

전에 처음으로 대면했을 때 손을 본 적이 있었다.

군은살과 흉터가 있는 손. 필시 검을 다루면서 얻은 흔적이었다. 제법 성과도 있었을 테지만, 그래도 조휘가 봤을 때는 애송이였다. 딱 봐도, 실전은커녕 제대로 된 전투 한 번 안 치러본 애송이.

만약 조휘가 군에 있었을 때 들어온 신병이라면 여자고 남자고 봐주지 않는 성격이었으니 물씬 두들겼을 것이다. 그 정도는 백호장도 이해해 줬다. 하지만 지금은 달랐다. 그럴 수 없는 상황이었다.

일단 서문영은 이 상행의 책임자였고, 뢰주 상단주의 딸이었다. 손댔다가는 꽤 귀찮은 일이 벌어질 게 자명했다.

"거절하겠습니다."

"왜죠?"

"도를 뽑을 필요성을 못 느끼기 때문입니다."

"그건 지금… 저를 무시하는 발언인데요? 마도라는 별호가 그렇게 무거웠나요? 한낱 병사 출신 주제에?"

"……."

서문영은 작정하고 조휘를 자극했다. 거절하자마자 마치 기다렸다는 듯이 입가에 냉소적인 미소를 매달고 재차 도발을 걸어왔다.

그러나 조휘는 그 정도로 흔들릴 사내가 아니었다. 수없이 많은 전장을 거치면서 단련된 정신이 이 정도의 도발로 깨졌다면, 조휘는 전역은커녕 이미 죽어 바다에 버려져 물고기 밥이 됐을 것이다.

혹독한 전장에서 살아남은 조휘에게 지금 서문영이 하는 도발은 그저 우스울 뿐이었다. 더 이상 대꾸할 생각을 버린 조휘는 다시 신형을 돌렸다. 돌아가기 위해서였다.

쉭!

그 순간 귀 옆을 스쳐 지나가는 날카로운 암기.

팍!

암기는 조휘의 머리를 한 뼘 정도 비켜 지나가 나무에 박혀 부르르 떨었다. 아주 작게 만들어진 비수였다. 조휘는 비수를 잠깐 노려봤다가 다시 신형을 돌렸다.

"지금 이게 뭐 하는 짓입니까."

"도망치지 말란 뜻이에요."

도망?

조휘의 눈빛이 서서히 변하기 시작했다. 전장에서 벼려진 날카로운 예기가 그대로 담겨 있는 눈빛.

"지금 저를 죽이려고 했단 걸로 봐도 괜찮겠습니까?"

"마음대로?"

"검을 드십시오."

"호오, 할 마음이 들었나요?"

"검을 들라고 했습니다."

스윽.

서문영이 검을 치켜들고, 조휘에게 겨눴다.

"자, 들었어요!"

"……."

저벅, 저벅저벅.

검을 드는 순간부터 이미 조휘는 움직이기 시작했다. 한 걸음, 한 걸음씩 내딛다가 이내 달리기 시작했다.

파바박!

잔가지들을 밟아 부러뜨리며 맹렬한 속도로 쇄도하는 조휘. 이미 손은 도병을 쥐고 있었고, 눈은 거리를 가늠했다. 조휘가 달려들자 서문영도 바로 자세를 낮추고 대항할 준비를 했다. 하지만 부질없는 짓이다.

마도(魔刀)의 별호를, 무시하지 말았어야지.

그아앙……!

도집을 긁으며 뽑혀 나온 조휘의 왜도가 순식간에 서문영의 목젖을 노렸다. 서문영도 바로 검을 뿌려 조휘의 도를 막으려 했지만…….

까앙! 파삭!

조휘의 도는 단방에 서문영의 도를 박살 내고 그대로 진격했다. 흡! 하는 신음 소리에 조휘는 온몸의 근육을 폭발시켜, 도를 멈췄다.

"……."

"……."

차갑게 번들거리는 조휘의 눈빛이 서문영의 눈동자를 찢어 버릴 듯이 응시했다. 단번에 난 결과에 서문영이 멍한 눈빛으로 자신의 목젖에 들이댄 조휘의 도와 눈빛을 번갈아가며 돌아봤다. 그런 서문영에게 조휘가 경고했다.

"한 번만 더 까불면, 그땐 볼기짝을 쳐 주겠다. 내 말이 허언이 아님을 확인해 보고 싶다면 한번 해보도록."

스윽.

이후 바로 도를 회수한 조휘는 다시금 신형을 돌려 야영을 하는 곳으로 돌아갔다. 서문영은 그런 조휘의 등에 박힌 자신의 시선을 뗄 수가 없었다. 마도, 과연 그 별명은 허명이 아니었다.

양춘현에 도착한 것은 뢰주를 출발한 지 보름 정도가 지나고 나서였다.

보통 상행이라면 길을 재촉하지만, 뢰주 상단은 느긋하게 움직였다. 조휘는 이런 느긋함이 나쁘지 않았다.

군영에 있을 때도 훈련 시간을 빼면 항상 느긋함을 즐기던 조휘였다. 이유는 긴장감을 풀어주기 위해서였다.

전투는 언제 벌어질지 모른다. 왜구(倭寇)가 언제 약탈하겠다고 알리고 공격 오는 게 아니기 때문이다. 이런 전투를 위해 조휘는 시간이 날 때마다 쉬어뒀다.

긴장감이 계속 팽팽하게 당겨져 있으면 오히려 그게 독으로 작용한다는 것을 지속되는 전투로 체득했기 때문이다. 체력처럼 정신력도 쓰면 소진된다.

그러니 긴장은 오로지 전투에서만. 그게 조휘의 신조였다.

양춘현은 크지 않았다.

일단 다음 현에서 다시 거래할 물품들을 구입한 뢰주 상단은 바로 객잔으로 향했다. 상단의 무사들이 각각 휴식을 취하러 가자, 조휘는 객잔 이 층의 난간 근처에 자리를 잡았다. 출발 시간은 내일 진시 초, 아직은 여유가 있었다.

점소이를 시켜 싸구려 화주 하나와 간단한 볶음 요리 하나를 내오게 한 조휘는 느긋하게 난간에 기대 주변을 둘러봤다.

사실 뢰주에서는 이런 기분을 제대로 느끼지 못했었다. 아직 전역을 했다는 사실이 제대로 실감이 나질 않았던 것이다.

무려 십 년. 장장 십 년이다. 십 년간 군영을 나서지도 못하고 왜구와의 전투를 치렀다.

처음 일이 년은 정말 죽도록 힘들었다. 조휘가 군영에 끌려가게 만든 직접적인 원인이 있는 소산적가에 대한 분노도 엄청났었다.

그 분노로 처음 일이 년을 버텼다. 하지만 계속되는 전투로 분노는 잠시 잊히고, 그 자리를 채운 건 반드시 살아남겠다는 생존 의지였다. 복수도 살아남았을 때에나 가능하다는 것을 깨달은 것이다.

이후 오 년은 오로지 수련에만 힘썼다. 자신을 갈고닦고, 어떤 상황에서라도 살아남을 수 있는 확률을 올려 줄 자잘한 지식들을 앞장서서 습득했다. 이후 남은 오 년은, 마도로서 살았다.

그렇게 살아온 조휘다. 그렇게 살아오다가 이렇게 전역을 하고 나니… 뭔가 이상하다.

화주가 나오고 안주도 나오고, 조휘는 술잔에 독한 화주를 한 잔 따라 단숨에 들이켰다. 이 평범한 화주도 보통 때엔 엄두도 못 내던 술이었다.

죄수들만 뭉쳐 놓은 타격대에 있었다.

말이 타격대지, 전선에서 가장 앞장서서 달리다가 죽는 게 본래의 임무인 부대다.

조휘가 들어가고 연 백호장이 부임하며 성질이 조금 변하긴 했지만, 그건 뢰주 군영이나 그랬고 다른 군영은 아직도 타격대는 최전선 화살받이에 지나지 않았다.

그런 화살받이들에게는 화주도 사치였다.

죽으러 가는 길, 독한 화주 한 잔 줄 수도 있지 않겠냐고? 그렇게 생각할 수도 있겠지만, 현실은 현실이다.

이 독한 화주도 큰 공을 세워야 겨우 년에 한두 번 먹을까 말까였다. 다시 잔에 화주를 따라, 그대로 들이켜는 조휘.

"크으."

알싸하다 못해 독한 주향이 목울대에서부터 시작돼 입안 전체를 감쌌다. 이 느낌 나쁘지 않았다.

젓가락을 써 안주를 집으려는데 계단 아래서 쿵쿵거리는 소리가 들려왔다. 조휘는 슬그머니 무릎에 기대어 놓은 도를 잡았다.

몸에 밴 반응이었다. 하지만 반응이 무색하게 계단을 올라온 사람은 조휘도 아는 사람이었다.

"여기 있었구만."

"아, 황 조장님."

올라온 사람은 황곽. 뢰주 상단주가 가장 신임하는 인물이었다. 그리고 실질적인 이번 상행의 책임자이기도 했다.

겉으로야 서문영이 총책임자이지만, 아직은 어렸다.

경험을 쌓으라고 상단주가 뢰주부터 시작해 절강성 항주까지의 상행을 맡기기는 했지만 당연히 혼자 보내지는 않았다.

경험이 차다 못해 넘치는 황곽도 같이 보낸 것이다.

실제 상행의 모든 결정은 서문영이 하지만, 이런 서문영의 결정을 올바른 곳으로 인도하는 이가 바로 황곽이었다.

"앉아도 되겠나?"

"네, 괜찮습니다. 마침 혼자 술잔을 기울이려니 적적하던 참이었습니다. 하하."

조휘는 가볍게 손을 뻗어 자리를 권했다. 그러자 털썩 주저앉는 황곽. 눈치 빠른 점소이가 얼른 달려와 젓가락과 잔 하나를 더 놓고 사라졌다.

"한잔 받으십시오."

"어이구, 고맙네. 하하."

황곽도 조휘처럼 단숨에 잔을 들이켰다. 이후 크으! 하는 감탄사를 지르고는 우악스러운 손짓으로 안주를 입에 넣고 씹었다.

그렇게 한잔하고 나서 툭 내놓는 말이……

"미안하네. 아가씨가 아직 철이 없어."

서문영에 대한 사과였다.

서문영과의 일은 공공연한 비밀이었다. 일단 풀이 잔뜩 죽은 채 조휘보다 조금 더 늦게 야영지로 돌아온 것과 검병만 덩그러니 남은 검을 쥐고 있던 것, 이 두 가지만으로도 눈치 빠른 이들은 금방 뭔 일이 있었는지 유추해 냈다.

감히 겁도 없이.

뢰주 군영의 마도, 진조휘에게 검을 들이밀었다는 것을.

하지만 상당 책임자이니 비웃거나 하는 일은 없었다. 오히려 서문영의 기분을 생각해 아무것도 모르는 것처럼 행동들 했다. 황곽도 그중 한 사람이었다.

조용히 있다가 지금, 이렇게 시간이 나자 그때의 일을 조휘에게 사과하러 온 것이다.

"괜찮습니다. 제가 좀 과했던 면도 있었고."

"정말 미안하네. 자네 같은 이들에게 검을 들이민다는 행동이 어떤 의미인지 아직 아가씨는 잘 몰라."

"……."

조휘는 일단 답을 하진 않았지만, 고개는 끄덕였다. 그래 보였다.

조휘가 거절하자 비수를 내던진 서문영이었다. 사실 검을 겨눴을 땐 한 번 봐줬던 조휘였다. 상행의 책임자이니 괜히 얼굴 붉힐 일은 만들고 싶지 않았기 때문이다.

그런 이유로 봐줬더니 대뜸 비수를 날렸다. 육체를 노린 건 아니지만 그것 하나만으로도 이미 조휘에겐 적대적으로 다가왔다.

조휘 정도 되는 이들에게 전장에서 가장 위험한 건 눈앞의 수십, 수백의 적이 아니라 눈먼 화살이다.

그걸 서문영은 몰랐던 것이다.

조휘가 검만 깨부쉈던 것은 십 년간 군문에 복역하며 마도라는 별칭을 얻었어도, 인성까지 마(魔)에 물들지 않았기 때문이었다.

만약 조휘가 마에 물들었다면 서문영은 그 자리서 목이 베였을 것이다.

"그래도 자네가 봐줘서 다행이야. 어휴. 뒷정리를 하느라 잠깐 정신이 없을 때 하필 마도에게 시비를 걸다니……. 내 뒤늦게 파악하곤 아주 심장이 벌렁거렸네."

황곽은 그때를 떠올리며 몸을 부르르 떨었다. 이런 황곽의 반응은 사실 당연한 것이었다.

뢰주는 물론 광주에 이르기까지 해안가에 위치한 현에서 마도는 알아주는 별호였다. 황곽은 뢰주에 뿌리를 둔 상단에 몸을 담은 이로, 당연히 마도의 의미와 그 안에 깃든 실제 저력도 아주 잘 알고 있는 사람 중 하나였다.

황곽도 칼 좀 쓰지만 마도의 이름 앞에서는 감히 까불 배짱이 없었다.

솔직히 조휘가 전역할 때까지 직급은 십장이었지만, 그건 태생의 한계 때문이었다.

일반 복역도 아닌 죄를 지은 죄수의 신분이라 승진의 길이 막혀 있어 십장이었지, 조휘가 십 년간 세운 전공대로 진급을 했다면 아마 백호장은 우습게 찼을 것이다.

그런 능력이 있고, 실제로 능력을 보여줬던 게 마도, 진조휘다.

"아무튼 내가 엊그제 아가씨께 잘 말해 두었으니 아마 다시 그런 실수를 하진 않을 걸세."

"그렇겠지요."

실력 차이를 아주 제대로 보여줬다.

단 한 번의 부딪침으로 서문영의 검을 깨부쉈으니, 그 장면은 서문영의 뇌리에 제대로 각인됐을 것이다.

심마로 남아 서문영을 괴롭힐지도 모르지만 거기까지 조휘는 생각하지 않았다. 그 일은 서문영의 잘못이지, 자신이 잘못이 아니라 생각했기 때문이다.

"내 다시 한 번 말함세. 사정을 봐줘서 참 고맙네."

"괜찮습니다. 저도 그 일에 마음을 두지 않을 생각이니 황 조장님도 너무 염려치 마십시오."

"하하, 그렇게 말하니 내 마음이 가벼워지네."

"…가벼워져요?"

끼익, 끼익.

삼 층의 숙소에서 들려온 소리, 그리고 뒤따라 나무로 만들어진 계단이 삐걱거리는 소리가 거의 동시에 들려왔다.

두 사람이 고개를 돌려 보니 서문영이 내려오고 있었다. 서문영은 이 층으로 내려와 바로 조휘에게 다가왔다.

조휘는 그런 서문영을 별 감정 없는 눈으로 봤고, 황곽은 아이고, 하는 눈으로 지켜봤다. 순식간에 거리를 좁혀 다가온 서문영이 조휘에게 대뜸 물었다.

"당신, 내공을 익혔어요?"

"……."

내공?

그 귀한 걸……?

제2장

무(武)를 상실한 강호

황명(皇命)으로 언급조차 금지된 시대가 있었다.

무(武)의 상실 시대(喪失時代).

약 백육칠십 년 전 선덕제의 제위 기간 때, 전 중원을 휩쓴 환란의 시대를 일컫는 말이다. 길지 않았던 십 년간의 이 혈겁은 강호(江湖)의 무(武)를 무시무시하게 상실시켰다.

민간이 아닌 오직 '무(武)' 하나만 노리고 벌어진 전쟁은 무관, 상단, 표국, 문파, 군부까지, 검과 칼을 든 곳이라면 어느

곳 하나 빼놓지 않고 덮쳤다.

하단전이라 부르는 곳에 기를 쌓는 방법이 적힌 내공심법들은 그 시대에 거의 대부분이 소실되고 말았다.

황명으로 언급도 금지시킨 만큼, 이 전쟁은 누구에 의해서 시작됐고, 누구에 의해서 종료됐는지에 대한 것도 민간에는 제대로 알려지지 않았다. 그래서 단순히 무의 상실 시대라고만 불렀다.

지금 이 시대에 남아 있는 내공심법은 정말 극소수. 하나라도 가지고 있는 문파가 그 지방의 패자 노릇을 할 수 있는 시대였다.

귀하디귀한 것이다, 내공심법이란 것 자체가. 조휘는 당연히 그 귀한 것을 익히지 못했다. 내공심법을 익혔으면 조휘가 군역을 치렀겠는가?

"안 익혔습니다."

"네? 진짜요?"

서문영이 믿을 수 없다는 표정을 지었다. 그녀는 아마 조휘가 자신의 도를 부순 게 내공의 힘에 의한 것이라고 생각하는 것 같았다. 하지만 아니었다.

조휘는 순수한 근력, 그리고 명도의 반열에 오르고도 충분할 왜도, 풍신(風神)의 힘으로 서문영의 검을 부쉈다.

"그 귀한 걸 제가 익혔을 리가 없지 않습니까? 알다시피 저는 뢰주 군영 타격대 소속입니다."

했던 말이지만 말이 좋아 타격대지, 그저 왜구를 잡는 데 쓰는 소모품, 화살받이에 지나지 않던 조휘였다. 만약 연 백호장이 없었다면 조휘도 이렇게 사지 멀쩡히 군역을 끝내지 못했을 것이다.

웬만한 백호장들은 수백의 왜구 앞에 타격대 몇 개 조만 덜렁 떨구고 가서 싸워라! 이러고도 남았으니까.

실제로 그런 경우에 빠진 다른 군영의 타격대도 구출해 본 경험이 있는 조휘였다. 그런 상황에 있던 조휘인데, 내공이라니 당치도 않을 소리다.

"정말요? 근데 어떻게 제 검이 부러졌죠? 아니, 부러진 정도가 아니라 아예 깨져 나갔잖아요!"

서문영은 흥분했는지, 언성을 높였다. 노인네의 카랑거리는 소리처럼 들어온 그녀의 말에 조휘가 슬쩍 인상을 찌푸렸다.

진짜 내공을 안 익혔다고?

말도 안 돼!

이 층을 가득 울리는 그녀의 목소리에 황곽이 얼른 일어나 그녀를 자리에 앉혔다. 그러면서도 슬금슬금 조휘의 눈치를 살폈다.

조용조용한 조휘지만 황곽은 잘 안다. 그는 죄를 지은 거친 녀석들만 잔뜩 모아놓은 타격대도 장악했었다.

그가 조용할 때는 그저 가만히 내버려두는 게 상책이라는 것도 당연히 안다. 그런데 이 철없는 아가씨가 다시 찾아와 조휘의 성질을 긁고 있었다.

"그게 어떻게 가능해요? 네?"

자리에 앉은 서문영이 황곽의 고민 따위는 눈치 못 챘는지, 아니면 눈치채고도 아예 무시할 생각이었건 건지 조휘에게 또 질문을 날려 왔다. 조휘는 가만히 서문영을 들여다봤다.

눈빛이 아주 초롱초롱한 게, 마치 누명을 쓰고 타격대에 들어온 아무것도 모르는 순진한 신병이 마도라는 살벌한 별호를 가진 조휘를 처음 봤을 때의 눈빛과 똑같았다.

"뭐라 설명할 수는 없습니다. 그냥 될 뿐."

"네? 그냥 된다고요? 그런 게 어디 있어요!"

"여기 있습니다."

실제로 그런 걸 어떡하나.

조휘는 따로 도를 다루는 법을 배우지 않았다. 무기도 풍신을 얻기 전까지는 검, 창, 활까지 닥치는 대로 썼었다. 지금도 마찬가지다. 조휘는 도를 일정한 법칙에 의해 쓰지 않는다. 그저 도의 특성인 발도, 베기, 막기, 찌르기, 그게 전부였다. 서문영의 검을 깨부순 것도 특별한 게 아니다.

그저 순간적인 근력의 집중, 그리고 검날을 때리는 각도와 거기에 더해진 풍신의 힘이다.

그게 끝이다.

그러나 이걸 말해준다고 서문영이 이해할 것 같지도 않았다. 이걸 이해하기에는 경지도 낮을뿐더러, 어리기까지 했다.

"거짓말. 거짓말이죠? 당신 내공 익혔죠? 그래, 그러네. 그러니까 마도라는 별호도 얻은 거 아니에요?"

서문영은 역시 믿어주지 않았다. 뭐, 조휘도 그녀가 믿을 거란 생각은 하지 않았다. 다만 귀찮아도 뇌주 상단주가 호위의 조장으로 임명해 준 것도 있고 해서 대답해 준 것뿐이다. 그리고 이런 대답이라도 해주지 않으면 더욱 귀찮게 할 게 자명해 보였고.

아이고…….

황곽이 골을 짚고는 고개를 설레설레 저었다. 철없는 아가씨가 아주 단단히 실수를 하고 있음을 알았기 때문이다. 하지만 이미 말리기에는 너무 나갔기에, 다시 고개를 들어 조휘를 향해 간절한 눈빛을 보낼 뿐이었다.

부디 적당히 봐달라고.

마도의 별호는 뇌주 상단주도 함부로 할 수 없다. 이유는 하나, 뇌주 군영의 연 백호장의 신임을 얻고 있었기 때문이다.

뢰주 상단 자체가 뢰주 군영에 식재, 철과 동 등을 납품해서 벌어들이는 수입이 상단 이익의 칠 할 이상을 차지하고 있었다.

황곽이나 서문영이 힘으로 마도를 찍어 누르면 일은 크게 잘못 돌아간다. 만약 그 사실이 뢰주 군영에 흘러들어 가면?

잘못하면 뢰주 상단은 가장 큰 거래처를 잃을지도 모른다. 황곽이 이리 저자세로 나오는 이유는 이러한 부분도 단단히 한몫했다,

황곽의 간절한 눈초리에 조휘는 고개를 살짝 끄덕였다. 미세한 동작이었고, 흥분했던지라 서문영은 그런 조휘의 행동을 놓치고 말았다.

"서문영."

"네. 네? 맞죠? 그죠? 역시 내공을 익힌 게 맞죠?"

"내가 다음에도 이런 짓을 하면 어떻게 한다고 했지?"

"네? 어……."

조휘의 말에 턱을 괴고 곰곰이 생각에 잠기는 서문영. 생각은 잠깐이었다. 곧 얼굴이 새빨개지기 시작했다.

조휘는 분명히 경고했었다. 한 번만 더 까불면 볼기짝을 쳐 주겠다고.

그 말, 허언이 아님을 확인해 보고 싶으면 한번 해보라고. 분명히 그렇게 경고했었고, 그 경고는 당연히 서문영의 뇌리

에 잘 남아 있었다.

방년의 처자에게 볼기짝을 치겠다니. 무례하다 못해 경멸스러운 발언임이 분명한데도 서문영은 화보다는 창피함이 먼저 훅 올라왔다.

이건 평소에도 자신을 검으로 꺾은 이는 인정하는 버릇 때문이지만, 사실 서문영도 제대로 이 부분을 자각하지 못하고 있었고, 조휘는 더더욱 몰랐다.

"그게……."

"내가 분명 볼기짝을 쳐 주겠다고 했을 텐데? 황 조장님 앞이라 그냥 대꾸해 줬더니, 내가 했던 말이 기억에서 날아갔나?"

"……."

조휘의 말투가 변하자 기세도 변했다.

겨우 십장이긴 했어도, 솔직히 말하면 십장도 아니었다. 없는 직책이지만 굳이 만들어 붙이자면 구십구장이었을 것이다.

편제야 연 백호장 밑으로 열 개의 조가 있었지만, 실제로는 연 백호장 바로 밑이 조휘였다.

자신을 포함해 구십구 명을 실질적으로 훈련시키고, 이끌고 왜구를 토벌했으니 말이다.

타격대는 애초에 거친 녀석들 천지다. 그런데도 조휘는 그들을 이끌었다. 말로. 말로 안 되면 도로. 모든 방법을 동원해 자신의 말에 복종하도록 만들었던 조휘다.

말투가 짧아진다는 건 지금 구십구장이었을 때의 조휘로 돌아간다는 뜻이었다.

"경고는 분명히 했었지?"

"그, 그게… 네."

"그럼 볼기짝을 맞을 각오가 되었다고 받아들여도 되나?"

"……."

찍소리도 못하는 서문영.

당연히 볼기짝을 맞을 각오는 아예 서지도 않았다. 철이 없다지만 그래도 방년의 나이인 서문영이다. 볼기짝은 정말 죽기보다 싫을 것이다.

조휘가 서문영을 다루는 걸 본 황곽은 고개를 끄덕였다.

역시, 뢰주 군영의 마도. 과연 사람 다루는 데는 일가견이 있었다. 연 백호장이 조휘가 떠날 때 벌써부터 누구에게 조휘가 맡던 자리를 맡기냐며 걱정하던 게 그냥 한 말이 아니었다.

"죄송… 합니다."

"늦었어. 말을 내뱉기 전에 생각부터 해야지. 무작정 하고 싶은 말이 있다고 쏟아 내면 그게 사람인가? 짐승이지."

"……."

가차 없이 일단 찍어 누르고.

"따라 나와."

"……."

조휘는 도를 챙겨 일어났다. 마침 객잔 뒤에 넓진 않지만 우물가가 있는 공터가 있는 걸 확인했다.

조휘가 일어났는데도 서문영은 일어나지 못하고 있었다. 본 능적으로 느낀 걸까? 조휘를 따라 나가면 엉덩이에 불이 날지도 모른다는 사실을?

두 눈이 급히 주변을 살펴봤지만 자신을 구원해 줄 동아줄은 이미 자리를 재빨리 피한 뒤였다. 이익! 하고 볼을 찌푸린 서문영의 귓가에 조휘의 말이 다시 콕 박혔다.

"안 일어나?"

"그게……."

"닥치고 따라와."

"아, 아하하… 봐주시면……."

"안 돼."

서문영은 이제야 빌기 시작하지만, 말을 안 듣는 놈들을 통제했던 조휘의 앞에서는 소용없었다. 한 번 봐서 모르는 것들은 꼭 있다.

그런 놈들은? 한 번 더 보여주면 된다. 가차 없이, 아주 박살을 내놓으면 다음부터는 감히 개길 마음도 못 가지게 된다. 조휘는 그러한 사실을 잘 알고 있었다. 서문영에게 할 행동도 마찬가지다.

그래도 안 일어나자 조휘는 목덜미를 잡아챘다. 꺅! 가냘픈 소녀의 비명이 울리지만 조휘는 깔끔히 무시, 공터로 끌고 나갔다. 질질 끌려 나가며 서문영은 다시 한 번 황곽을 찾아보지만, 시선 닿는 곳 그 어디에도 그는 없었다.

"검을 뽑아."

"……."

공터에 도착하고 나서 조휘가 검을 뽑으라고 했는데도 서문영은 주저했다. 이곳 양춘현에 도착해서 다시 맞춘 검이다. 손에 익지도 않았다. 하지만 그것 때문에 못 뽑는 게 아니었다.

"뽑으라고 했어."

"우우……."

스르릉.

결국 서문영은 조휘의 말에 더 이상 반항하지 못하고 검을 뽑았다. 이후 처량한 표정을 지어 보이며 제발 한 번만 봐달라고 눈빛을 다시 한 번 보내보지만 조휘는 피식 웃는 걸로 그걸 무시했다.

"꼭 맞아봐야 정신을 차리는 것들이 있어."

"이, 이제 귀찮게 안 할게요. 네?"

"늦었다니까?"

"으으……."

이후 조휘는 까닥까닥, 도집째 들어 덤비라는 신호를 보냈다. 이후 바로 서문영에게 다가가기 시작했다. 스르릉. 걸으면서 도를 뽑아낸 조휘가 서문영의 앞까지 도착하는 데 걸린 시간은 얼마 되지도 않았다.

손가락을 하나씩 접으면 네다섯 번 정도?

까앙!

파삭!

조휘가 얼어붙은 서문영이 들고 있던 검을 다시 후려쳐, 부숴 버렸다.

빡!

"꺅!"

팡! 팡!

악!

으앙!

이후, 조휘는 정말 서문영의 엉덩이를 도집으로 후려쳐 버렸다. 볼기짝을 친다는 말은 정말 허언이 아니었고, 조휘는 한 번 한 말은 지키는 사내였다.

이후 서문영은 조용했다.

여인으로서 볼기를 얻어맞았으면 죽이네, 살리네 고래고래 악다구니를 쓰며 난리를 쳐도 부족하지 않았지만, 이상하게도 서문영은 조용했다.

오히려 고분고분해졌다. 조휘와는 웬만해서는 눈도 마주치려 하지 않았고, 상행의 가장 최전방에서 혼자 주변 지형을 조사하며 움직이는 조휘의 의견도 무시하지 않았다.

오히려 조휘의 의견을 적극 반영하는 정도를 넘어 아예 조휘의 의견을 따랐다.

조휘는 이렇게 고분고분한 서문영의 행동에 의구심이 들긴 했지만 크게 신경 쓰지는 않았다. 대략 눈치챈 탓이다.

서문영은 조휘의 기세에 완전히 눌렸다.

애초에 조휘는 도를 뽑아내면 사람이 변한다는 소리를 듣곤 한다. 도를 뽑는 순간부터는 필살의 의지를 은연중에 뿜어냈다.

이는 조휘가 바란 게 아니라 수없이 많은 전장을 거치며 자연스럽게 몸에 밴 기세였다. 조휘도 알고는 있다. 하지만 고칠 생각은 없었다. 그런 마음가짐이 지금까지 자신의 목숨을 챙겨줬다 생각했기 때문이다. 그리고 사실 고치는 방법도 몰랐다.

어쨌든 서문영은 그런 조휘의 기세에 완전히 눌렸고, 인정한 것이다. 이는 스스로를 무인이라 생각하는 서문영이었기에 가능한 일이었다.

뭐, 나쁜 일은 아니었다. 덕분에 매우 편히 갈 수 있게 됐으니까.

"워워."

조휘는 타고 있던 말을 멈춘 후, 주변을 살폈다.

산으로 들어서는 입구. 높지 않은 동네 뒷산 정도지만, 피해 갈 수는 없게 산이 솟아 있었다. 주변 지형을 보니 따로 길도 보이지 않았다.

결국은 이 산을 타야 한다는 소리.

'이 산 이름이… 주박산이었던가?'

조휘는 전역하기 전에 자신이 맡았던 조원 중 하나인 장산 이 했던 말을 떠올렸다. 산적 출신인 놈은 광동성에 있는 웬 만한 산적 산채는 전부 알고 있었다.

'맞아. 매주에서 하루 거리.'

장산은 이 산에 산의 이름을 딴 주박채가 있다고 했다. 수 는 대략 사오십 내외고, 나름 창칼 좀 쓰는 놈들로 구성된 산 채.

'그리고 채주인 원왕이 나름 도 좀 쓴다고 했었지.'

이게 장산이 조휘에게 준 정보의 전부였다. 조휘는 일단 입 산을 하지 않고 후발대가 오길 기다렸다.

산을 탈 건지, 아니면 하루가 더 걸리더라도 돌아갈 건지 결정하는 건 조휘가 아니었다.

요즘 자신의 의견이 서문영에게 절대적이긴 하지만 그래도 결정은 서문영이 해야 할 일이다.

황곽이 있고, 조휘가 있지만 그래도 이번 상행의 총책임자는 서문영이었으니 말이다.

일각 정도 기다리자 서문영이 선두에서 이끄는 후발대가 다가왔다. 가장 앞에 있던 서문영은 조휘를 보자 먼저 말을 몰아 다가왔고, 살짝 위축된 얼굴로 입을 열었다.

"무슨 일 있나요?"

"저 앞에 있는 산의 이름이 주박산이라고 들었습니다. 수하의 얘기로는 저 산에 주박채라는 산적채가 있고, 수는 대략 사오십 내외라 합니다. 무조건 물건을 뺏는지, 아니면 통행료를 받는지는 잘 모르겠습니다. 채주는 원왕이라는 자로 도를 제법 쓴다는 소리도 같이 들었습니다."

"아……."

"만약 올라가지 않고 돌아갈 거라면 하루 정도는 더 걸릴 것 같습니다. 보면 알겠지만 주변 지형이 좀 이상합니다."

"……."

조휘의 말에 서문영은 그냥 고개만 끄덕였다. 생각은 하는 건지, 아니면 그냥 듣기만 하는 건지 조휘도 판단이 잘 안 됐지만 일단 자신이 알고 있는 것은 전부 전했다.

"어떻게 할까요?"

"지금까지 제 의견을 반영해 준 건 고맙습니다만, 이번 결정은 책임자가 직접 해야 할 것 같습니다."

"아……."

나지막한 탄성을 흘린 서문영은 일단 말에서 내렸다. 그러고는 식사를 하라는 지시를 내리곤 근처에 있던 바위에 가서 걸터앉았다.

조휘도 조용히 그쪽으로 말을 끌고 이동했다. 잠시 서문영이 생각하는 걸 기다리는데 후미를 이끌던 황곽이 도착했다.

"무슨 일이십니까?"

"앞에 보이는 산에 산적이 있습니다."

조휘는 황곽에게 서문영에게 했던 말을 또 했다. 그러자 황곽도 곤란한 얼굴이 됐다.

통행료. 보통은 내고 그냥 지나간다. 하지만 악질들은 통행료도 안 받고 그냥 물품을 빼앗는 경우가 더러 있었다.

저 앞산에 있는 주박채의 경우 통행료를 받는지, 아니면 물품을 전부 강탈하려고 나올지에 대한 정보가 없었다. 후자라면 무조건 전투다. 전자도 전투와 협상, 반반이다. 만약 터무니없는 통행료를 요구하면 그 뒤야 뻔하니까.

"진 조장의 의견은 어떻습니까?"

잠시 고민하던 황곽이 물어왔다. 조휘의 의견이야 간단하다.

"돌아가는 게 좋겠습니다. 저 혼자라면 감당할 수 있겠으나, 저 뒤에 칼도 못 쥐는 이들까지 지키며 전투를 치르기엔 무리가 많습니다."

조휘가 아무리 마도라 불리며 뛰어난 도술을 보여준다 한들, 육체는 하나다.

서문영과 황곽, 그리고 상행의 호위무사 스물이 있다고 해도 마찬가지다. 틈새가 생기는 순간 일꾼들에게 칼이며 화살이 날아와 박힐 것이다.

아무런 피해도 없이 주박채를 제압할 수 있다는 판단이 안 서는 것이다. 그리고 그런 판단이 안설 땐? 피하는 게 상책이었다.

조휘는 병법은 잘 모르지만, 연 백호장을 보며 배운 게 꽤 되었다.

연 백호장은 왜구에 약탈당하는 상황이라면 아무리 불리해도 일단 전투는 벌이지만, 만약 왜구가 숨은 섬을 발견했다는 첩보를 입수하면 정말 신중하게 행동했다. 선택 한 번 잘못하는 순간 생목숨이 우르르 떨어질 수 있다는 걸 잘 알기 때문이었다.

하지만 이런 의견을 제시한들, 어쨌든 선택은 서문영의 몫이었다. 만약 정상적인 생각을 할 줄 아는 사람이라면, 조휘의 의견에 분명 찬동할 것이다.

"그렇게 해요. 괜히 피를 흘릴 필요는 없겠죠?"

다행히 서문영은 꽤나 정상적인 생각을 할 줄 알았다. 만약 서문영이 하루를 아끼고자 산을 타자고 했으면 그 말은 들었을 것이다.

그렇지만 아마, 산을 내려오는 순간 조휘는 이번 상행의 호위를 때려치웠을 것이다. 책임자의 무책임하고 어리석은 선택은 그 밑의 사람이 전부 부담해야 한다는 걸 잘 아니까 말이다. 그리고 조휘는 그런 일은 질색이었다.

"잘 생각하셨습니다. 하하!"

황곽도 그런 서문영의 선택이 장했다. 사실 황곽은 서문영이 괜히 객기를 부려 산을 오르자 하면 어쩌나 했다. 하루만 포기하면 쓸데없이 피를 흘리지 않아도 된다. 그러니 당연히 산을 돌아가는 게 맞는 선택이었다. 만약 기한을 맞추어야 하는 상행이라면 또 다르지만, 이번 상행은 서문영의 성인식과 신고식의 의미를 동시에 가졌기에 절강성 항주만 찍고, 거기서 뱃길로 다시 뢰주로 돌아오면 끝나는 것이다. 즉, 기한이 없다는 소리였다.

옳은 선택을 한 서문영에게 조휘도 작은 미소를 보냈다.

짝!

"좋아요! 여기서 점심을 해결하고, 잠시 쉬었다가 다시 출발하도록 해요!"

"그렇게 하겠습니다."

황곽은 서문영의 명령을 전달하러 물러났고, 조휘도 자리를 이탈했다. 조휘는 일단 산의 입구 쪽으로 좀 더 접근했다. 혹시 모르는 일에 대비하기 위해서였다. 산적이라고 꼭 산속에서만 나타나리란 보장은 없었다. 산 밑에 이렇게 상단이 휴식 중인데도 모른다면 그것 나름 바보짓이고, 어째 올라올 기미가 없는데도 가만히 있는다면 그건 더 바보짓이다.

산세를 구경하는 것처럼 한번 빙 둘러보는 조휘.

기를 퍼뜨려 생물체의 반응을 살펴볼 수 있다면 좋겠지만 그런 경지는 전설 속에서나 나올 것이다.

지금은 무의 상실의 시대를 거쳐, 무공이 엄청난 퇴보를 거친 상황. 단전에 내력을 쌓고 있기만 해도 고수 소리를 듣는 세상이었다.

"왜 그러세요?"

뒤로 다가온 서문영의 질문.

"혹시 산적들이 은신해 있는 건 아닌가 싶어 살펴보고 있었습니다."

"아… 그래요? 어때요, 있어요?"

조휘의 말에 놀랐는지 서문영은 이달에만 두 번이나 바꾼 검을 뽑으려 했다.

탁. 조휘는 그런 서문영의 발검을 손바닥으로 툭 쳐 막았다.

자신이 보기에 이상한 건 없었지만, 혹시 보고 있다면 지금 서문영의 행동은 오히려 적을 도발하는 게 된다. 혹시 발각된 건가? 하는 생각을 유발시키고, 이내 공격 명령으로 이어지게 될 수도 있다는 소리다.

조휘의 행동이 과민 반응은 아니었다. 실제로 겪어본 적이 있었으니까.

"아……."

"없는 것 같습니다. 돌아가시죠."

조휘의 발검을 막는 동작에 놀랐는지 눈을 동그랗게 뜨는 서문영.

조휘는 서문영에게 돌아가잔 말만 남기고 등을 돌려 걸었다.

그런 조휘의 곁으로 서문영이 쪼르르 달라붙었다. 할 말이 있나? 하지만 조휘는 묻지 않았다. 철없는 이 아가씨가 또 어떤 말을 할지 관심도 없을뿐더러, 한다고 해도 들어줄 생각이 없었기 때문이다.

조휘도 댓잎으로 감싼 밥 뭉치와 육포로 끼니를 후딱 채웠다.

이후 말안장에 걸어놨던 물통의 물로 목을 축이고는 잠시 휴식을 취했다. 휴식 시간은 긴 것 같으면서도 순간이었다.

중천에 떠 있던 해가 서산으로 조금 기울자 서문영은 출발 명령을 내렸다. 물론 조휘는 이미 말에 올라 먼저 관도 옆을 빙 돌아갔다.

산 바로 앞에서 시작된 개천이 점차 넓어지더니, 이내 강 수준으로 커지기 시작했다. 참 신기하지만 조휘에겐 귀찮은 지형이었다.

"워워."

그렇게 잠시 달리다, 말을 세운 조휘는 바로 바닥에 내려섰고, 도병에 손을 댔다.

"……"

사르르르…….

수풀이 바람에 수줍게 떨리는 소리만 들려오는 것 같지만, 조휘는 알 수 있었다.

"나와."

수풀 너머, 정체불명의 집단이 숨어 있음을.

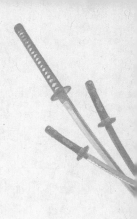

달리는 와중이었지만 조휘는 분명히 살기(殺氣)를 감지했다.

그는 살기를 직적 대면하고, 이겨내고 전투를 수십, 수백 번을 치렀다. 피부로 느껴지는 이질적인 살기를 잘못 느낄 일은 없었다.

"나오라고 했다."

스릉.

도를 반쯤 뽑아내고, 전역 전의 마도로 서서히 돌아가기 시작하는 조휘.

악의(惡意)를 품은 자들이 숨어 있다. 사정 따위 봐줄 필요가 없었다.

파르르! 수풀이 떨리며 그 밑에서 시꺼먼 복장의 인물들이 우르르 일어났다.

"으흐흐!"

맨 뒤에서는 음침하고 또 비열해 보이는 웃음소리가 들려왔다.

조휘가 웃음소리를 따라 시선을 돌리자, 그보다 머리 하나는 더 큰 민머리의 사내가 어깨에 투박한 도 한 자루를 걸치고 있었는데, 덩치가 커서 도가 마치 아이들 장난감처럼 보였다.

"눈치가 좋은데? 흐흐!"

딱 봐도 두목이다.

조휘는 이 녀석이 장산이 말했던 원왕이란 놈이라 생각했다.

민머리에 시꺼먼 먹으로 요상한 문신을 새긴 놈이다. 그 모습이 나름 사나워 보이긴 했지만 조휘가 보기엔 그냥 그저 그랬다.

저런 문신을 새긴 놈은 타격대에서도 눈에 치일 정도로 볼 수 있었기 때문이다. 바로 자신의 밑에 있었던 장산도 등이며 목이며 문신을 덕지덕지 처바른 놈이었다.

"주박채?"

"흐흐! 그래, 우리가 바로 주박채의 호걸님이시다! 으하하!"

정체를 묻는 조휘의 말에 원왕은 시원시원하게 인정했다.

"호걸은 개뿔……."

피식.

도적질이나 하는 놈들이 호걸이라니, 지나가던 개도 웃지 않을 소리였다. 스릉. 조휘는 일단 도를 다시 밀어 넣었다. 전투를 포기한 게 아니었다. 오히려 반대로 더 단단하게 준비 중이었다. 선공, 발도의 묘를 살리기 위해서 말이다.

"통행세를 받을 건가?"

"산으로 올라왔으면 받으려고 했지. 하하! 물론 네놈들이 가진 물건 전부로!"

"결국은 싹 뺏을 생각이었다?"

"요즘 먹고살기 참 팍팍해서 말이야."

툭툭.

칼등으로 어깨를 툭툭 치는 원왕의 모습은 분명, 일반인이라면 오금이 저릴 정도로 무서웠다. 하지만 조휘는 일반인이 아니었다. 오히려 그 범주에서 너무 멀리 떨어져 있는 사람이다. 조휘의 눈에는 그저 허세로밖에 보이질 않았다.

"먹고살기 힘들면 농사를 짓지그래?"

"그건 또 성미에 안 맞고 말이야. 남의 걸 뺏는 게 적성에 맞더라고. 으하하!"

얼씨구.

자랑이다, 아주.

조휘는 스윽, 주변을 한번 훑어봤다.

수는 대략 스물 내외. 주박채 전체가 내려온 건 아닌 것 같았다. 아마 급히 내려온 것도 있겠지만, 산채에 있을 재화를 지키는 경계조를 남겨 놓고 내려온 것 같았다.

'그나마 다행이군.'

스물 정도라면 해볼 만한 정도가 아니라, 거뜬하다.

딱 봐도 조휘는 자신이 감당하기 힘든 고수는 없어 보였다. 제법 씨알 좀 굵었는지 나름 흉흉한 눈알들을 하고는 있지만, 이 역시 조휘가 보기엔 아직 애송이였다.

힐끔 뒤를 보니 저 멀리 본대가 보였다.

좀 전에 도착했지만 다행히 서문영은 다가오지 않고 본대를 멈춰 놓은 상태였다. 속으로는 괜히 나서지 말아줬으면 했는데, 용케 들었나? 서문영은 섣부르게 다가오지 않았다.

잘됐다. 차라리 안 오는 게 편했다.

"혼자 선발에 서는 걸 보니 실력 좀 있나 본데, 그럼 너만 잡으면 된다는 뜻인가? 하하!"

"그만 웃어."

그 웃음, 심히 거슬리니까.

파바박!

어차피 싸울 거라면, 협상의 여지가 없다면 질질 끌 것 있나? 상체를 살짝 숙이고 질주하는 조휘.

어느새 가장 가까이에 있던 산적을 스쳐 지나갔다. 그냥 지나가지는 않았다.

그아앙……!

풍신이 도집을 긁으며 산적의 옆구리를 베어버렸다. 칵! 소리도 지르지 못하고 무너지는 첫 번째 희생자.

"…저 개새끼가! 죽여!"

바로 원왕의 악에 받친 외침이 터졌다. 하지만 그 외침에도 조휘는 웃었다.

'늦었어!'

명령을 내릴 거라면 조휘가 움직였을 때 바로 해야 했다. 하지만 아마 한번 보고 싶었을 것이다. 어느 정돈지. 그게 실수였다.

선공을 빼앗겼다는 것, 그 자체로 조휘는 최소 일 할의 승기를 잡았다.

퍽!

어깨로 떨어지는 몽둥이를 피한 조휘가 그대로 칼등으로 얼굴을 후려쳤다. 날은 없지만 대신 엄청 단단하다.

광대 쪽을 후려쳐 얼굴이 함몰됐고, 그대로 정신을 잃고 쓰러졌다.

푹!

쓰러진 놈의 목에 그대로 도를 꾹 찔러 넣어 사살하고, 몸을 뒤로 쭉 뺐다. 후웅! 좀 전에 있던 자리로 도리깨 끝에 달린 추가 박혔다.

퍽! 소리가 나며 지면을 움푹 파면서 먼지가 일어났고, 조휘는 그대로 한 발자국 전진하며 도를 전방을 향해 휘둘렀다.

서걱.

"악! 아악!"

도를 그은 각도가 좀 높았으니, 아마 눈일 거다. 눈을 불로 지지는 고통이 온몸을 감쌌을 것이다.

단번에 죽일 수도 있었지만 조휘는 그러지 않았다.

저런 고통에 찬 신음, 비명. 적의 사기를 떨어뜨리는 아주 좋은 수단이다.

"으아아!"

악에 받친 고함을 지르며 조휘를 향해 달려오는 산적 하나. 양손을 높게 들었는데, 그 손에는 무식하리만치 투박한 도가 들려 있었다. 큭! 그에 조휘의 입가에 조소가 담겼다. 저렇게 휘두른다고?

정말 맞길 바라고 저런 공격을 해오는 걸까?

경험은 제법 있는 것 같다만, 그 경험의 대상이 정말 보잘것없었다는 것을 유추해 낸 조휘다.

대체 어떻게 산채가 굴러 갔을까? 아니, 여태 토벌을 안 당한 게 용하다. 이 정도면 조휘가 이끌던 타격대 한 개 조만 끌고 와도 모조리 사살이다.

획!

내려찍는 도를 슬쩍 신형의 반만 회전시켜 피한 조휘. 도는
좀 전의 도리깨처럼 바닥에 맹렬히 처박혔다. 쓰는 법도 제대
로 모르는 등신이다. 그러면서도 잘도 사람을 해치고 다녔다.

쉬익!

서걱!

조휘의 도는 정확히 놈의 목을 벴다. 완전히 잘라 버린 게
아닌, 정확히 반. 괜히 힘 빠지게 전부 자를 필요는 없다. 반
만 갈라도 인간의 목숨은 허무하게 날아간다. 특히 그게 목이
라면 십 중 십의 확률로 죽는다.

푸슉! 푸슉! 솟구치는 핏줄기.

"어, 어어? 어어어……."

본능적으로 목을 부여잡고 주춤주춤 물러선다.

조휘는 퉁퉁 뛰는 걸음으로 뒤로 물러났다. 동시에 시선은
빠르게 사방을 훑었다. 솟구치는 피를 피한 게 아닌, 포위를
피하기 위해서였다.

일대 다수의 대결에서 가장 중요한 게 뭔지 조휘는 아주 잘
안다.

실력이 적 개개인보다 우세해도 포위당하는 순간 실력의 우
세는 순식간에 사라진다. 어디서 날아올지 모르는 도검에 정

신이 분산, 본신의 실력을 푹푹 꺾어버리기 때문이었다.

이는 기본 중의 기본. 타격대에서 살아남으려면 반드시 익혀야 하는 기본이었다.

타격대가 주로 하는 일은 왜구의 토벌, 전투 중 이삼 할이 배 위에서 벌어지는 백병전이니 말이다.

"뭣들 하냐, 이 등신 같은 새끼들아! 둘러싸서 그냥 한 번에 조지란 말이야!"

원왕의 분노 가득한 외침에도 산적들은 섣불리 조휘에게 다가오지 못했다.

벌써 둘. 아니, 셋인가? 극히 짧은 시간 동안 벌써 목숨이 날아간 산적의 숫자다. 완전히 등신이 아닌 이상 실력 차이를 분명히 느꼈을 것이다.

게다가 넓게 퍼져 다가오면 조휘는 비슷한 속도로 뒤로 빠지고 있었다.

포위는 절대로 당해줄 수 없었다.

차라리 도망가면 도망갔지.

게다가 조휘는 사각에 적을 두지 않았다.

항상 사선으로 빠지면서 산적들이 시야에 전부 들어오게 움직이고 있었다. 이렇게 움직여야 등 뒤에서 칼이 날아오지 못하기 때문이다.

죽여! 죽이라고 새끼들아!

원왕의 외침이 한 번 더 있고 나서야 다시 산적들이 다가왔다. 이를 악물고 있고, 눈동자가 조금씩 흔들리는 걸 보니 공포심이 어느 정도 형성된 모양이었다. 딱 조휘가 바라던 상태다.

으아! 으아아!

눈!

아아악!

들려오는 동료의 비명이 아마 정신을 야금야금 갉아먹고 있을 것이다. 그래서 조휘는 서두르지 않았다. 급하게 정리할 필요도 없었다. 길을 재촉해야 하는 것도 아니고, 조휘도 급히 조산까지 갈 필요는 없었다.

그저 피해 없이 가면 그만이다.

"으아아! 죽어!"

이번에도 비명 같은 고함을 지르며 가장 앞에 있던 산적이 달려들었다. 그래도 나름 무기를 다뤄봤는지, 제대로 자세를 잡고 달려들었다.

조휘는 이런 것 하나로 적의 수준을 가늠할 수 있었다.

깡!

옆구리를 베어오는 조잡한 검을 일단 막아내고, 바로 발로 정강이를 끊어 찼다. 아플 것이다. 조휘의 신발 앞쪽엔 징이 박혀 있으니까.

"악!"

정강이서 올라오는 끔찍한 통증에 고개를 푹 숙이는 산적. 본능적으로 정강이에 손이 가려는 것이다. 이게 바로 단련되지 못한 것들이 보이는 행동이다. 왜구 중에도 종종 있었다. 본능에 져서 죽을 짓을 하는 놈들.

이런 놈들은 조휘의 입장에서는, 그저 고마울 뿐이다.

서걱!

비스듬히 도를 비틀어 그대로 위로 쭉 그어버리는 조휘. 일시에 산적의 가슴에 길쭉한 상흔이 나타나고, 피가 훅 튀었다.

"으어……."

그래도 단말마의 비명은 내질렀다.

솟구치는 핏속으로 조휘가 확 내달렸다. 툭툭 얼굴에 떨어지는 비릿한 핏방울에도 아랑곳하지 않고.

촤악!

동료의 몸에서 솟구치는 피 분수에 놀란 산적의 허벅지를 향해 조휘는 그대로 도를 그었다. 서걱! 깊게 갈린 허벅지를 잡고 악! 아악! 비명을 지르는 산적의 입에 도를 뿍 찔러 넣었다 뺐다.

이후 다시 뒤로 쭉쭉 물러났다.

'다섯.'

조휘는 저 멀리 오들오들 떨며 천천히 접근해 오는 산적들을 바라봤다. 아직 꽤 남았다. 하지만 수는 상관이 없었다.

이제 몸도 따끈따끈하게 풀렸으니까.

파박!

이번엔 조휘가 먼저 움직였다. 그앙! 어느새 도집으로 넣었다, 다시금 발도를 뿌리는 조휘. 조휘의 도는 무시무시한 거력을 머금었다. 어어, 하며 물러나던 산적 하나가 조휘의 도에 얼굴을 허락했다.

서걱.

아주 깔끔하게 콧잔등 위를 한 치 깊이로 가르고 지나가는 도. 조휘는 거기서 멈추지 않았다. 파박! 두 번의 큰 걸음. 푹! 힘을 거두지 않고 경로만 틀어 바로 뒤에 있던 산적의 심장을 정확히 찔렀다.

중원의 도처럼 투박하지 않은 왜도다. 검보다도 얇고 끝이 날카롭기 때문에 도는 육신을 가르고 들어가기에 부족하다 못해 넘쳤다. 탓! 뒤로 물러나지 않고 이번에도 진격.

쉬악!

날을 눕혀 그대로 위로 쭉 긋자, 다가오던 산적 하나의 가슴에 또다시 긴 상흔이 생기며 피가 솟구쳤다.

이후 조휘는 물러났다.

빠르게 다시금 산적을 한눈에 넣을 수 있는 위치로 물러나는 조휘. 죽어! 하고 달려드는 산적 하나가 있었다.

핑.

퍽!

활시위 튕기는 소리와 함께 달려들던 놈의 복부에 그대로 꽂히는 화살 한 발.

조휘는 뒤돌아보지 않았다. 누가 쏜 화살인지 이미 알기 때문이다. 황곽이었다. 그는 조휘처럼 도를 쓰지만, 활 솜씨도 제법 좋다고 소문난 이였다. 멀찍이 떨어져서 지원만 하는 황곽의 결정은 조휘에게 큰 도움이 되었다.

이들이 참 멍청했던 게, 활을 다룰 줄 아는 녀석들을 하나도 안 데리고 내려왔다. 궁병이 없던지, 그게 아니면 아예 궁병을 쓸 생각도 안 했던지, 그 둘도 아니면 그냥 너무 방심해 필요 없다 생각했던지.

'뭐든 상관없지만……'

생각을 정리한 조휘는 다시 움직였다. 몸은 완전히 풀렸다. 원하는 대로 쭉쭉 움직여 주니, 한결 전투가 편해졌다. 게다가 전역 후 귀향길에 들면서 무뎌졌던 감각도 다시금 날카롭게 벼려지고 있었다.

깡!

까강!

공격 일변도.

조휘의 도가 무시무시한 속도로 움직였다. 빈틈을 노릴 생각을 하지 않는 건 뒤에 든든한 지원군도 있고, 애초에 빼면서 싸우는 건 조휘의 전투 방식이 아닌 까닭이다. 조휘는 상당히 공격적인 전투를 선호한다.

마도(魔刀).

마귀처럼 달려들어 적을 섬멸하는 게 조휘의 전투 방식이었다.

파각!

조휘의 도를 막았던 산적의 무기는 금세 이가 나가고, 바로 그 부분에 다시 한 번 떨어지자 금이 쩍 갔다.

억! 하고 물러나니, 조휘가 바로 따라붙었다. 도망가게 놔둘 조휘가 아니다. 도망가는 왜구들을 쫓아봤던 게 몇 번인지 기억도 나지 않았다. 위험한 지역만 아니라면 끝까지 쫓아가 도륙하는 게 바로 조휘가 이끌던 타격대다.

퍽!

칼등으로 그대로 안면을 후려치고, 손목 안에서 도를 빙글돌려 잡고 그대로 쭉 내리그었다. 스아악! 예리한 날이 그대로 산적의 얼굴을 베어버렸다. 으악! 하는 비명도 지르지 못하고 풀썩 쓰러졌다.

"……"

"으으, 으으으……"

조휘의 신위에 생겼던 두려움이 이제야 제대로 힘을 발휘하기 시작했다. 순식간에 열에 가까운 숫자가 줄어들었다. 아직도 반은 남았지만, 산적들은 조휘가 자신들이 상대할 만한 무인이 아니라는 걸 깨달았다.

그러니 자연히 뒤로 물러나기 시작했다. 조휘는 조무래기들에게서 시선을 떼고, 부르르 떨고 있는 원왕에게 시선을 돌렸다.

"계속 구경만 할 거야?"

"네놈……."

까드득!

상당한 거리가 있음에도 원왕이 이를 가는 소리가 조휘의 귀로 쏙 박혀 들어왔다. 피식. 그러나 조휘는 그 소리에 비릿한 미소를 지을 뿐이었다. 아직 다 보여주지도 않았다. 겨우 산적 때려잡는 정도로 조휘가 마도라는 살벌한 별호를 얻을 수 있었을까? 당연히 이보다 더한 모습도 있다. 하지만 굳이 여기서 꺼낼 것은 아니었다.

똑같은 피가 튀는 전장이지만, 조휘가 마도로서 뛰던 전장에 비교하면 하품도 안 나왔다. 정말 작정하고 도를 뿌리는 마도로서의 조휘는 더욱 무섭다.

하지만 원왕은 그걸 아는지 모르는지, 조휘의 가벼운 도발에도 이를 갈며 성큼성큼 앞으로 걸어왔다.

"제법 한가락 했다, 이거지? 흐흐흐!"

"한가락으로 보여?"

정말?

그렇게밖에 안 보이나?

조휘는 대충 원왕을 가늠해 봤다. 일단 몸집은 정말 거대하다. 거인이라는 말이 어울리는 체격. 하지만 그것밖에 안 보였다. 조휘가 수많은 전장을 전전하며 살아남을 수 있던 특별한 이유가 하나 있었다.

그것은 바로 상대를 보는 눈.

왜구들 중에서도 중원의 무인과 비슷한 놈들이 있었다. 기다란 뿔 달린 귀신 형상의 투구를 쓰고, 조휘가 지금 쓰는 도보다도 더 긴 왜도를 사용하는 놈들.

이 녀석들은 진짜 무서웠다. 무력도 무력이지만 일단 전투에 임하는 마음가짐이 달랐고, 그렇기 때문에 기세가 남달랐다.

조휘는 이런 기세를 빠르게 파악할 수 있는 감이 있었다. 마주치면? 뒤도 안 돌아보고 병력을 물렸다. 이는 막다른 골목이 아니라면 거의 무조건이다. 괜히 상대해 보겠다고 덤비는 순간 날아가는 건 자신의 목숨이기 때문이었다.

그런 조휘의 감이, 지금 원왕에게는 어떤 반응도 보이지 않고 있었다.

감을 맹신하는 건 아니지만 상당히 믿는 조휘는 결론을 내렸다.

"그냥 덩치만 큰 새끼."

"뭐 이 새끼야!"

쿵쿵쿵!

후웅!

어깨에 걸쳐져 있던 원왕의 투박한 도가 조휘를 두 조각으로 쪼갤 기세로 떨어졌다. 단순 무식한 공격.

슉, 조휘의 신형은 이번에도 반만 회전했다. 퍽! 그러자 바로 바닥에 처박히는 원왕의 도. 조휘의 도가 그 순간 벼락처럼 베어졌다.

스각. 가슴 앞섶을 쭉 긋고 지나간 도를 다시 회수한 조휘는 두어 걸음을 물러났다.

"정말 이게 다야?"

"……."

고개를 숙여 얇게 베인 가슴팍을 보는 원왕. 그걸 보며 말문이 턱 막힌 것 같았다.

조휘는 피식 웃었다. 깊게 베지 않았다. 일부러 의복과 그 안에 피륙만 살짝 저몄다. 아마 피만 살짝 흐를 것이다. 따끔한 통증도 있을 것이고.

조휘는 만약 원왕이 생각이 있다면 지금 이 한 수가 어떤 차이를 보여줬는지 알 거라 생각했다. 하지만 딱 보니, 그런 것 같진 않았다. 이후 얼굴이 붉게 달아오르는 걸 보았으니까.

"그렇담 실망인데. 겨우 이 정도로 큰소리치고. 혹시 이런 말 아나? 사람 잘못 보면 죽는다는 말. 상대도 봐가면서 개겼어야 한다는 소리다."

"이 개새끼가……!"

후웅!

퍽!

이번에도 똑같은 공격이었다. 위에서 내려찍는 단순무식한 공격. 지금까진 그 큰 몸에서 나오는 위압감과 합쳐져 통했을지 모르지만, 조휘에게는 어림도 없었다.

이보다 더 큰 놈도 타격대에 있었다. 성질이 더러워서 갓 들어왔을 때 반쯤 죽여 놨었던 조휘다. 그렇게 조져 놨었는데도 성질을 다 못 죽여 다음 전투에서 눈먼 화살 한 발에 바로 황천길로 갔다.

원왕 이놈을 보니 이름도 까먹은 그놈이 떠올랐다.

스걱!

길게 허벅지를 베고 지나가는 조휘의 도. 무릎 위부터 골반 밑까지 아주 길게, 그리고 이번엔 깊게 그어버렸다. 전투를 종결짓는 일격이다.

"크악!"

"시끄러워."

빡!

원왕이 비명을 지르자 조휘는 칼등으로 턱을 후려쳐 버렸다. 컥! 하고 뒤로 발라당 쓰러지는 원왕에게 다시 천천히 걸어가는 조휘.

푹!

조휘는 도를 들어 그대로 반대쪽 허벅지를 내려찍었다.

"악! 크으, 크아악!"

원왕의 비명은 즉각적으로 흘러나왔다. 불로 지지는 것보다 더욱 화끈한 통증을 맛보고 있을 테니 당연한 일이었다.

"그동안 산적질 할 때는 너무 쉬웠지? 그치?"

"크으! 크악!"

"시끄러워. 입 찢어버리기 전에 다물어라."

"흐읍……."

이제야 대충 눈치챘나 보다. 조휘가 자신의 상대가 아니라는 점을. 그리고 자신의 목숨이 조휘의 손에 달려 있음을. 하지만 깨달음이 늦어도 너무 늦었다.

"억울해하지 마. 남의 것을 탐할 때는 목숨을 걸어야 하는 거야. 혹시 안 배웠어?"

"흐읍, 흐읍……."

입술을 꾹 닫고는 비명조차 참는 원왕.

피식. 그 모습에 조휘는 다시 웃었다. 기가 막혀 나온 웃음이다.

이런 새끼들, 조휘가 정말 경멸하는 부류였다. 처음에는 그렇게 기세등등하더니, 썰리고 나니 이렇게 살려고 말을 듣는 부류. 경멸하다 못해 구역질이 난다.

생존을 최우선으로 따지며 살아왔던 조휘지만, 적어도 비굴하진 않았다. 강한 자 앞에서도 엎드리지 않았다는 소리다. 차라리 도망을 치면 쳤지.

"산채에 몇이나 남았어?"

"크읍……."

"대답 안 하면 지금 죽인다."

"여, 열다섯……."

"그래? 고맙다."

서걱!

열다섯이 있다는 말에, 조휘는 허벅지를 찌르고 있던 도를 뽑아 벼락처럼 휘둘렀다. 그리고 잠시 후 원왕의 목이 허공으로 두둥실 떴다가 바닥에 떨어졌다.

전역 후 첫 전투를 치렀지만 별다른 감흥은 없었다.

이보다 더욱 심한 전투도 지난 십 년간 무수히 해왔었으니까. 이 정도 전투는 조휘에게는 식후 간식도 안 된다.

데굴데굴 굴러가는 원왕의 목을 보고 근방에서 지켜보던 산적들이 일시에 비명을 지르며 도망쳤다. 조휘는 따라가지 않았다. 도주하는 적을 쫓아가는 섬멸전에도 일가견이 있는 조휘지만 지금은 병사 신분이 아니었다.

게다가 지금은 상단의 호위가 더 중요했다. 혹시 모른다. 어디 숨어 있는 적이 있을지도. 장산의 말로는 스물 정도면 주박채의 절반에 해당되는 수였다.

조휘가 여기서 반은 깨뜨렸으니 산에는 많아야 딱 그 절반 정도나 있을까? 하지만 조휘는 따로 기습은 없을 거라 생각하긴 했다.

그 정도로 머리가 돌아가는 놈들이라면 궁수도 배치 안 했을 리가 없었다. 못 맞혀도 된다. 근처만 가도 신경은 충분히 분산된다. 위협을 느끼는 거다. 그런 위협은 전투에서 치명적으로 작용한다.

그것도 모르는 놈들이니, 양동작전 같은 걸 생각해 낼 리가 없었다. 살아남은 산적들이 모두 도망가자 황곽과 서문영이 다가왔다.

"으음……."

황곽은 조휘가 썰어놓은 시체들을 보며 인상을 썼고,

"우욱!"

서문영은 욕지기를 느꼈는지 창백한 얼굴로 헛구역질을 했다.

그녀의 이런 반응은 당연한 것이었다.

그래도 황곽은 이런 경우가 많았다. 하지만 서문영은 아니었다. 이번이 그녀의 첫 상행이었다. 전투를 지켜보는 것조차가 처음이었다.

살이 갈리고, 갈린 살에서 피가 튀고, 이런 걸 자신의 눈으로 본 경우가 아예 처음이었다.

목이 날아가는 것? 솔직히 상상 정도는 해봤겠지만, 상상은 상상일 뿐, 경험이 아니었다. 상상과 현실은 항상 매우 큰 격차를 가졌다.

조휘는 황곽이 건네준 헝겊으로 도를 일단 대충 닦고, 집에 밀어 넣었다.

"아무래도 우리가 안 올라갈 것임을 알아채고 잠복한 것 같습니다. 쉬는 동안 얼른 내려와서 말이지요."

"그런 것 같네. 어휴, 그냥 지나갔으면 큰일 날 뻔했어."

"그러게 말입니다."

만역 조휘가 없었다면? 최전방에서 탐색을 병행하지 않았다면? 아마 상단은 지나가다가 옆구리에 도검이 틀어박혔을 것이다. 기습의 묘는, 대상이 알아차리지 못했을 때 가장 큰 효과를 발휘한다. 기습을 받았다면 분명히 인명 피해가 났을 것이다.

"다치신 데는 없… 나요?"

서문영이 손수건으로 입을 막고 물어왔다. 안색이 별로였다. 피가 흥건한 땅이요, 시체가 널브러진 대지다. 서문영이 난생처음 보는 참혹한 장소다.

"일단 자리를 옮기죠."

"그래, 그러세."

황곽이 바로 서문영의 소매를 잡아 이끌었다. 아직은 정신적으로 여물지 못한 서문영이 심히 걱정됐기 때문이다.

조휘는 일단 뒤를 다시 한 번 둘러봤다. 혹시 도망가다가 다시 돌아온 놈들이 있을지 모른다는 생각 때문이었다. 철두철미. 조휘는 자신의 맡은 바 임무를 항상 확실하게 해냈다.

지금도 마찬가지.

상단의 무사들보다 돈도 훨씬 많이 받으니 돈값을 하는 건 당연했다.

장소를 바꾸고 나서야 서문영의 안색이 정상으로 돌아왔다. 바람결에 비릿한 혈향이 조금씩 날아오고 있지만 이 정도야, 충분히 참을 만할 것이다.

"일단 먼저 출발하겠습니다. 적당한 장소를 물색해 놓을 테니 얘기는 그때 하는 게 좋겠습니다."

"네……."

서문영의 대답을 들은 조휘는 바로 말에 올라, 관도를 따라 달리기 시작했다. 뒤이어 본대, 후발대가 같이 출발했다.

쉴 만한 곳은 오래지 않아 나타났다.

관도를 벗어난 길에 나무 대여섯 그루가 있었는데, 응달도 지고 쉬기엔 안성맞춤인 곳이었다. 고삐를 당겨 말을 멈춘 조휘는 뒤따라오는 본대에 손짓으로 신호를 보냈다.

이후 알았다는 수신호가 왔고, 조휘는 봐두었던 곳으로 말을 다시 몰았다.

말에서 내려 주변을 다시 한 번 관찰하는 조휘. 눈매가 매서웠다. 이미 한 번 기습을 받았기 때문에 신경도 예민해졌다. 피를 보며 올라온 흥분도 아직은 완전히 가시지 않은 상태이기도 했다.

예리한 눈으로 주변을 둘러보고, 고개를 끄덕이는 조휘. 매복은 없었다.

잠시 후 본대가 들어섰고, 서문영은 바로 조휘에게 다가왔다. 황곽은 이런저런 지시를 내린 후에야 다가왔다.

"저, 괜찮으세요? 혹시 다친 데가 있는 건……."

했던 질문을 또 하는 서문영. 조휘가 치른 격렬한 실전이 걱정된 것 같았다. 하지만 조휘는 괜찮았다. 실력 차이가 너무나 심해 옷깃 베이는 것조차 허락하지 않았다.

"괜찮습니다."

"아… 다행이에요."

서문영의 눈빛이 안도감에 물들어갔다.

조휘의 전투는 정말 박진감이 넘친다. 근거리서 찌르고 베는 전투였기 때문이다. 당연히 보는 사람으로 하여금 손에 땀을 쥐게 만들었다.

서문영은 감히 전투에 참여하진 못했지만 손을 꼭 쥐고, 이를 악물고 지켜봤다. 게다가 오만 가지 불안이 아마 서문영을 힘들게 했을 것이다.

전투가 벌어지자 얼어붙은 다리.

쿵쾅쿵쾅! 통제를 벗어난 심장 박동.

하얗게 변해 버린 머리 등등.

뭐, 조휘는 이해했다. 조휘도 처음엔 그랬으니까.

조휘의 첫 전투는 왜선에서 벌어진 백병전이었다. 당시 조휘는 널빤지를 건너 왜선으로 넘어가지도 못했다. 오들오들 떨 뿐이었다.

조휘 자신도 그랬는데, 서문영이라고 다른 모습을 보여줄 거란 기대는 아예 하지도 않았다.

"서 단주야말로 괜찮습니까?"

질문을 되넘기는 조휘.

"네? 네, 괜찮아요. 좀… 놀랐지만 지금은 괜찮아요."

"오래갈 겁니다. 첫 살인은 더 심하지만, 첫 살인을 지켜보는 것도 만만치 않습니다. 안 좋아지면 바로바로 말하십시오."

"네……."

서문영은 조휘의 말에 토를 달지 않았다.

바로 수긍하고 고개를 끄덕이는 서문영의 행동에 조휘도 작게 고개를 끄덕였다. 사람이 죽는 장면을 처음 보는 걸 우습게 생각해선 안 된다. 조휘도 굉장히 고생했었다.

첫 전투가 끝나고 다시 뢰주 군영으로 돌아온 조휘는 막사에 처박혀 며칠간 나가지도 못했다. 전장의 광기는 오들오들 떨며 얼어붙어 있기만 하던 조휘에게도 영향을 끼쳤다. 그것도 아주 심하게 말이다.

죽어! 죽어, 이 개자식아! 이런 악다구니.

살려줘! 제, 제발 살려줘! 이런 애원.

서걱! 퍽! 우드득! 푸확! 이런 육신이 뭉개지는 소리.

이 모든 고함, 비명, 애원하는 소리가 한데 어우러져 조휘의 귓가에 며칠이고 머물렀다. 정말 미치는 줄 알았다.

'진짜 정신 나가는 줄 알았지…….'

조휘도 이랬으니 지금 서문영의 모습은 보통인 편에 속했다. 하지만 이겨내야만 한다. 그러지 못하면 서문영은 다시는 강호행을 나설 수 없을 것이다.

"여기서 하루 머물다 가는 게 어떻겠나?"

서문영의 상태가 좋지 못해 황곽이 건네온 제의. 조휘는 잠시 생각하다가 받아들이는 게 낫겠다는 판단을 내렸다. 지금은 길을 재촉하는 것보다 서문영의 상태를 안정시키는 더 중요하다 생각한 것이다.

"좋습니다. 오늘은 그냥 여기서 하루 머물도록 하죠."

"고맙네."

"고맙긴요, 저는 고용된 호위무사일 뿐입니다."

조휘는 웃음으로 황곽의 감사 인사를 받고는, 다시 서문영을 바라봤다.

둘의 의견이 일치하긴 하나 어쨌든 결정은 서문영이 해야 했다.. 상행을 책임지는 단주가 서문영이었으니까.

"그렇게 해요."

서문영도 둘의 대화를 들었다. 꿰다 놓은 보릿자루 같은 신세가 됐지만 서문영은 지금 그걸 신경 쓸 겨를 없었다. 아직도 머릿속에서는 조휘가 산적을 학살하던 장면이 아주 생생하게 재생되고 있었기 때문이다.

그래도 다행이라면 참아내고 있다는 것이다. 버티니까 이렇게 대화가 가능하지, 버티지 못했다면 비명을 지르며 바들바들 떨었을 것이다. 그보다 심한 반응이 나타난다면? 혼절이다.

그러나 서문영은 버텨내고 있었다. 이 부분은 그래도 대견했다. 그래도 나름 검 좀 수련했다고, 그만큼 마음도 단련은 되어 있었던 모양이다. 황곽이 결정된 사항을 전달하러 갔고, 조휘는 나무에 등을 대고 앉았다. 이후 다시 도를 꺼냈다.

그으응.

좀 묘한 울음을 내며 도집에서 그 칙칙한 자태를 보이기 시작하는 조휘의 도, 풍신.

흔치 않은 광물을 사용했는지, 풍신은 조휘가 얻고 난 이후 지금까지 이 하나 나가지 않았다. 여태까지 조휘의 목숨을 지켜주었던 풍신. 도면에 멋스럽게 양각된 단어가 그대로 이름이 되었다.

애병(愛兵).

조휘가 풍신을 대하는 마음이다.

그는 좀 전에 대충 손질했던 풍신을 다시금 정성스럽게 닦았다. 그 모습이 너무나 경건해서 곁에 있던 서문영은 감히 조휘에게 말을 걸 수 없었다.

야심한 밤.

조휘는 산을 타고 있었다. 산은 당연히 주박산이었다. 이유는 딱 하나, 남은 산적들을 정리하기 위해서였다.

쉬는 도중 조휘는 봤다. 산에서 내려온 산적 하나가 상단을 정찰하는 걸. 다른 이들은 몰랐지만 조휘의 경계를 피하지는 못했다.

왜 내려왔을까? 고민해 봤더니 답은 금방 나왔다. 아마 산에서 내려간 원왕과 스물의 산적이 올라오질 않으니 확인하러 온 게 아닌가 싶었다. 그렇게 생각한 조휘의 다음 판단은 역시 선공이었다.

괜히 무시했다가 뒤통수 맞는 일은 사양이었다. 그래서 황곽과 서문영에게 상황을 얘기하고 영정현에서 만나자는 약속과 함께 먼저 보낸 다음, 혼자 자정이 되기 전 관도를 타고 되돌아왔다.

입구가 아닌 숲을 뚫으며 슬금슬금 산을 타는 조휘. 주박산이 크지 않은 관계로 산을 탄 지 반 시진도 안 되어 주박채를 발견했다.

'하나, 둘… 경계조는 둘씩 네 조.'

멀찍이 떨어져 산채를 관찰하는 조휘. 망루는 두 개가 있었고, 각각 둘씩 들어가 있었다. 입구 근처를 배회하며 경계하는 조가 하나, 안쪽에서 경계하는 조가 하나. 이렇게 총 넷이다.

'그냥 들어가긴 힘들겠어.'

음…….

조휘는 주변을 다시 한 번 살펴봤지만 몰래 들어갈 만한 구석이 보이질 않았다. 산채가 크지도 않을뿐더러, 입구를 빼면 절벽을 끼고 있는지라 뒤로 돌아가기도 쉽지 않았다.

뒤로 돌아가려면 절벽을 내려가야 하는데 지금 조휘는 밧줄도 없고, 혹시 모를 상황에 밧줄을 잡아 줄 동료도 없었다. 이렇게 되면 결국 들어갈 방법은 기습 후 정면 돌파밖에 없었다.

절벽을 끼고 있는 건 기습을 힘들게 해주는 장점이 있지만, 반대로 도망갈 구멍이 없어서 단점도 된다.

힐끔.

'빌려오길 잘했는데?'

조휘는 왼손에 쥔 활을 바라봤다.

혹시 몰라 황곽에게 활을 빌려왔다. 화살은 총 스무 대를 빌려왔다. 조휘는 활도 제법 다룰 줄 알았다. 왜구와의 전쟁으로 안 써본 무기가 없었다.

궁술도 오십, 백 보 거리 안에서는 웬만큼 바람이 심하지 않다면 열 발 중에 여덟에서 아홉 발은 명중시킬 실력을 갖추고 있었다.

지금은 사위가 어둡기 그지없지만 멍청한 건지, 아니면 자신감이 넘치는 건지 산적채 주변은 환했다. 군데군데 모닥불과 횃불을 걸어놓고 있었기 때문이다. 그렇기에 표적은 아주 확실하게 보였다.

'조심해야 할 건 망루의 궁수들.'

조휘는 일단 가장 먼저 궁수의 존재를 파악했다. 망루에서 숨어 활을 쏘는 것 자체가 상당한 위협이 된다. 등 뒤로 슉! 하고 날아오는 화살만큼 위험한 것도 없었다. 그러니 가장 먼저 처리해야 할 자들도 궁수였다.

'할 수 있을까?'

한 호흡에 네 발의 화살을 쏴야 한다. 어느 정도 속사는 가능하지만 이럴 경우 상당히 명중률이 떨어지는 조휘였다. 일단 가만히 서 있다는 가정하라면, 망루 하나에 있는 둘은 일시에 제거가 가능했다. 하지만 다시 화살통에서 화살을 꺼내는 그 순간이면 이미 화살은 적중, 비명은 흐를 것이고 기습의 묘는 그 순간 깨지게 될 것이다. 당연히 움츠러들 것이고, 이격은 힘들 게 분명했다.

'위지룡이 없는 게 아쉽군.'

조휘는 장산과 같은 날 들어왔던 위지룡(魏地龍)의 존재가 아쉬웠다. 아직 군역이 끝나지 않은 그 녀석은 궁술만큼은 정말 일품이었다.

움직이면서도 가능한 굉장한 속사 솜씨와 명중률은 그 어떤 전투에서도 도움이 됐다. 위지룡이 있었다면 망루에 있는 넷은 한 호흡에 끝냈을 것이다. 하지만 없는 사람을 찾아 봐야 나타나지 않는다. 생각을 접은 조휘는 화살통에서 화살 두 대를 꺼내 손에 끼었다.

그리고 숨조차 죽이고 은밀하게 움직이기 시작했다.

최대한 근접하고, 표적이 가장 훤히 보이는 장소까지 도달한 조휘는 시위에 살을 먹였다.

끼이이이익. 최대한 천천히 시위를 당긴 조휘는 망루를 향해 화살촉을 겨눴다.

황곽의 활은 조선 궁의 일종으로 장력이 상당히 좋다고 했다. 이 정도 거리면 직사(直射)로도 충분할 것이다. 후읍, 후읍. 두 번의 호흡 끝에 시위를 놓는 조휘.

핑.

그 순간 조휘는 바로 다시 살을 먹였다. 그리고 그 첫 번째 표적 바로 옆의 표적에 대고, 바로 시위를 당긴 다음 놓았다.

핑.

푹, 푸욱!

두 발의 소리가 들렸다.

한 발은 정확히 목울대. 억, 어억… 하더니 표적이 주춤거렸고, 두 번째는 바로 심장을 뚫었다. 심장을 맞은 놈은 멍하니 제 가슴을 바라보다 풀썩 주저앉았다.

"기습이다!"

뎅! 데엥!

조휘의 저격은 바로 걸렸다.

핑.

하지만 조휘는 종이 울리는 순간 이미 화살통에서 다시 두 대의 화살을 빼 손에 걸었다.

흡! 호흡을 멈추고 바로 세 번째 화살을 쐈다. 동시에 다시 네 발째도 쏘았다. 투웅! 첫 번째는 망루 끄트머리에 박혔고, 푹! 두 번째는 머저리같이 고개를 휙휙 돌리고 있던 마지막 표적의 머리통을 꿰뚫었다.

파바박!

이후 조휘는 바로 활과 화살통을 놓고 몸을 날렸다.

"기습이다! 기습!"

"정문으로 하나! 빨리 다 나오라고 해!"

악다구니를 하는 소리에, 조휘는 달리는 속도를 최고치로 높였다. 저격은 이미 걸렸다. 그러니 이제는 아예 힘으로 찍어 누를 차례였다.

그아앙……! 도가 집을 긁으며 다시금 어둠 속에서 빛을 발했다.

서걱.

깔끔한 일격이 입구를 막고 있던 산적의 옆구리를 순식간에 가르고 지나갔다. 어, 어어. 하고 주춤거리다가 갈라진 옆구리를 부여잡는 산적 하나.

퍽! 그 순간 조휘의 발이 녀석의 가슴을 그대로 밀어 찼다. 뒤로 발라당 뒤집어지면서 손을 놓쳤고, 푸슈슉! 피가 분수처럼 솟구치며 대지를 적시기 시작했다.

"악! 아악!"

그다음은 역시 비명이었다. 불에 달군 인두로 지지는 것보다 더 큰 고통이 뒤따랐을 것이다. 조휘는 일부러 죽을 정도로 가르지 않았다. 말했듯이 신음과 비명은 적의 사기를 하락시키는 아주 효과적인 음향이기 때문이었다.

"죽어!"

어쩜 그리 같은 말만 하는지, 귀에 딱지가 앉을 지경이다.

깡!

어깨로 떨어지는 도를 그대로 후려쳐 올리는 조휘. 아래서 위로 쳐올린 조휘의 일격이 훨씬 우위에 있었는지, 어깨로 떨어지던 산적의 도는 도로 하늘 높이 올라갔다. 그러면서 가슴 앞이 훤히 드러나고, 조휘의 손목이 원을 그렸다가 이번에는 반대로 사선으로 뚝 떨어졌다.

쉬익!

파박!

바람 소리가 들리고, 이후 가슴 앞을 보호하던 나무 갑옷이 그대로 갈려 나갔다. 물론 그 안의 육체도 같이 베어버렸다. 풍신의 예기와 조휘의 힘, 기교가 만들어낸 일격이었다.

크악! 하고 도를 놓고, 덜덜 떨며 뒤로 물러나는 녀석을 향해 조휘는 달렸다.

픽! 도움닫기 후 몸을 띄워 무릎으로 그대로 가슴팍을 찍어버린 조휘는 바닥에 내려서자마자 다시금 달렸다. 환하게 밝아진 산채 내부로 우르르 나오는 산적들이 보였다.

'다섯! 이제 많아야 열!'

원왕은 분명 열다섯이라고 했다. 조휘가 순식간에 다섯을 잡았으니 이제 많아야 열이다.

쉭!

푹!

등 뒤를 노려올 궁수에 대비해 갈지(之) 자로 내달리던 조휘. 아니나 다를까, 바닥에 화살 한 대가 처박혔다.

"한 놈이잖아! 포위해서 잡아!"

어떤 놈 하나가 외친 소리에 조휘는 뛰던 와중에도 피식 웃었다. 포위? 조휘가 제일 싫어하는 상황을 대변하는 단어였다. 차라리 도망을 가지, 포위는 죽어도 사양이었다. 그리고 포위도 실력이 맞아야 가능한 거지, 이곳 산적들의 실력으로는 어림도 없는 일이었다.

탁, 그아앙……!

어느새 회수된 도가, 다시금 조휘의 명령을 받아 세상 밖으로 나왔다. 스각! 이번엔 가장 앞에 있던 산적의 허벅지였다.

뭉텅 베어버리고 지나간 조휘의 도 때문에 살이 쩍 벌어지고 바로 피가 튀었다.

"으악! 으아악!"

아주 단조롭고, 새삼스러울 것도 없는 싱거운 비명을 들으며 조휘는 다시 달리기 시작했다.

그러자 산적들의 우르르 조휘를 향해 몸을 돌렸다. 동시에 서로 대치 방향이 변하면서, 조휘는 망루까지 시야에 넣었다.

망루에 있던 궁수가 보이질 않았다. 빠르게 살펴보니 이미 망루에서 기어 내려오고 있었다. 금세 다 내려와서는 뒤도 안 돌아보고 도망갔다. 이에 마음이 놓인 조휘의 시선은 다시 전방의 산적들에게 향했다.

으아아!

거대한 돌도끼 같은 걸 든 산적이 먼저 달려들었다. 얼굴이 빨갛게 물들어 있는 걸 보니 공포보다는 분노 같았다. 하지만 분노한다고 실력 차이가 뒤집히는 건 아니다.

퍽!

재빨리 발을 굴러 피한 조휘. 발이 지면에서 떨어지는 순간 조휘의 도가 다시금 전방을 그었다.

쉭!

서걱.

"악! 아악!"

돌도끼를 잡고 있던 손목 부분을 아주 정확하게 잘라 버리고 지나간 조휘의 도. 일격이 아주 치명적이었다. 정확하게 급소만을 노리고 들어가는 조휘의 도는 산적들에게는 사신의 낫과 같았다.

하지만 전투의 광기는 이미 퍼졌고, 이성을 마비시켰는지 산적들은 다시 조휘에게 덤볐다.

이번엔 둘이 같이 덤볐다.

팍, 파박.

두 걸음 물러나며 빠르게 먼저 공격해 올 자를 가늠하는 조휘.

'오른쪽!'

이미 들어 올린 손에서 뭔가가 휙 떠났다.

어둠이라 확인은 불가능하지만, 작고 치명적인 것이었다. 분명 위협적이긴 하다. 하지만 이런 암기는 지겹도록 경험해 본 조휘다.

고개만 살짝 비틀자 암기는 허무하게 조휘를 스쳐 지나갔다. 그러면서도 시선은 아직도 전방을 보고 있다.

으아아!

비명인지, 기합인지.

후웅!

조휘의 옆구리를 노리고 이가 잔뜩 나간 도가 날아들었다.

아주 정직한 가로 베기 동작. 힘이 잔뜩 담겼지만, 그래서 동작이 너무 컸다. 게다가 사전에 날아든 기합으로 경고까지 친절하게 해주니, 맞고 싶어도 도저히 맞아줄 수가 없는 공격이었다.

깡!

파밧! 그극! 그으으으으윽!

도를 세워 막고, 그대로 전진하며 불꽃을 만들어내는 조휘의 도. 쉭! 이내 도병 근처까지 밀고 올라온 도는 날에서 떨어져 하늘 위로 솟구쳐 올랐다.

푸극!

아래에서 올라간 조휘의 도는 그대로 산적의 턱을 쪼개고 지나갔다. 이후 다시 뒤로 빠지는 조휘. 시선은 허물어지는 산적에게서 떨어져 움찔거리는 다른 산적들에게 머물렀다.

우에! 우에에! 쪼개진 턱을 부여잡고 울부짖는 산적 하나 때문에 장내는 싸늘하게 식어 버렸다. 광기가 차올라야 하는데, 그러질 못했다. 조휘가 보여주는 무력이 너무나 대단한 탓이었다.

조휘는 벌써 반 이상을 무력화시켰다. 그리고 이 정도면 이미 전투는 끝났다고 봐야 했다. 조휘의 목적은 주박채의 무력화지, 말살은 아니었다.

"뭐 해, 안 덤벼?"

"뭐, 뭐야! 왜 우리를……!"

"산적 새끼들이 억울한 척하지 마라. 역겨우니까."

"토, 토벌대냐!"

피식.

토벌대?

"니들이 토벌할 가치나 있는 새끼들이냐?"

겨우 이딴 놈들을 잡자고 토벌대가 움직일 리가 없었다. 효율에서 떨어지기 때문이다. 더 커지면 치겠지만, 그게 아니라면 그냥 둔다.

어차피 토벌해 봐야 다른 놈들이 들어서니 기존에 있는 놈들이 자리 잡고 있게 두는 것이다. 한 번 출진할 때마다 들어가는 군량미, 병기, 이게 전부 돈으로 직결된다.

조휘는 연 백호장의 신임을 얻었기에 이 정도는 당연히 알고 있었다. 굳이 생각 안 해도 답이 아주 딱딱 나온다. 물론, 그들이 도를 넘는 순간 군량미고 병기고 뭐고 간에 토벌은 시작된다.

"그, 그럼 대체 정체가 뭐냐!"

얼어붙어 가는 입으로 용케도 질문을 던져온다. 제일 뒤에 있는 놈이다. 아마 부두목쯤 되는 것 같았다.

"나? 지나가던 전역 병사."

"벼, 병사?"

"……."

"그래, 조용히 지나가던. 니들이 먼저 치지만 않았어도 내가 여기까지 올라올 일은 없었어. 그러니 억울해하지 마라."

"그, 그렇지만 그건 우리가 한 일이 아니라고!"

"지랄, 그럼 누가 했는데? 내가 잡아 죽인 것들 다 니들 동료잖아. 안 그래? 그럼 니들도 같이한 거나 마찬가지야. 적어도 내 기준에서는. 그러니까 개소리 말고 그만 덤벼. 아니면 내가 갈까?"

대화는 여기까지.

슬그머니 들어 올리는 풍신에 타들어가는 불빛이 반사되어 지독한 칙칙함을 뿜어냈다. 더불어 날카로운 예기와 도 끝에서 뚝뚝 떨어지는 핏방울. 이런 기세에 압도된 녀석들은 주춤주춤 물러났다. 덤빌까, 아니면 도망갈까?

조휘는 후자에 걸었다.

이놈들에게는, 여기서 목숨을 걸어야 하는 이유가 없었으니까. 조휘의 선택이 옳았다. 으아아! 살려줘! 무기를 내팽개치고 도망가는 산적들을 보면서, 조휘는 도를 천천히 내렸다.

이걸로 뒤가 구릴 일은 깨끗이 사라졌다.

*   *   *

광동성에서 복건성으로 진입하면 바로 나오는 영정현. 영정현에서 조휘는 주박산채에 사로잡혀 있던 사람들을 조금의 재물과 함께 풀어주고, 다시 미리 약속했던 객잔으로 향했다. 영정현은 크지 않아 객잔도 세 개가 전부였다. 현의 이름을 딴 객잔은 어느 현이나 존재했고, 그곳이 바로 합류 장소였다. 영정객잔에 도착해 말을 점소이에게 맡기고 문고리를 잡는 조휘.

끼익.

문을 열고 들어가자 가장 먼저 조휘의 시선에 잡힌 건, 안절부절못하고 객잔을 왔다 갔다 하는 서문영이었다.

'날 걱정하는 건가?'

피식.

하는 짓이 참, 어쩔 때는 너무 귀여워 머릴 쓰다듬고 싶었다.

철없는 애송이는 맞는데, 그 행동들이 조휘를 귀찮게 할 때도 있는데, 조휘가 가끔 실없는 생각을 할 때 만들어지는 가상 여동생의 성격과 똑같았다.

이런 여동생이 있으면 어떨까? 정말 피곤하겠다. 으으, 몸을 부르르 떨게 만들지만, 그래도 웃음 짓게 만드는 여동생. 서문영의 행동이 딱 그랬다.

"아!"

서문영이 서성거리다 문으로 들어선 조휘를 발견하곤 삿대질을 하며 탄성을 흘렸다. 눈도 동그랗게 떠져 있었다.

이후 쪼르르 조휘의 앞으로 달려오는 서문영. 이건 뭐, 무슨 군영에서 기르는 강아지도 아니고……. 동그란 눈, 오뚝하게 솟은 콧대, 묘하게 푸른 기가 감도는 입술. 이런 눈, 코, 입이 강아지 상에 맞물려 귀엽기는 했다. 하지만 조휘는 전혀 내색하지 않았다.

아주 조금도.

"돌아왔습니다."

"네! 그보다 괜찮아요? 어디 다친 데는?"

"없습니다."

"아… 다행이에요."

후우, 하고 한숨을 내쉬며 가슴을 부여잡는 서문영. 어제의 충격이 상당히 가셨는지, 하루 만에 꽤나 얼굴이 좋아졌다.

아마 난생처음 목격한 피를 동반한 팔다리와 목이 날아다니는 장면이 준 충격보다, 조휘를 걱정하는 마음이 좀 더 앞선 것 같았다. 물론 이는 순수한 동경이자, 걱정이었다.

압도적인 무력을 보여주었던 조휘에 대한 동경, 신뢰. 그런 그가 상단의 안위를 위해 홀로 남은 산적들을 정리하러 떠난데 대한 걱정. 서문영은 자신의 본능대로, 성격대로 생각하고 움직였다.

하긴, 대뜸 조휘에게 검을 겨루자고 했을 때부터 그녀의 성격은 이미 확실하게 밝혀졌다.

"식사는요?"

"오면서 해결했습니다."

"그래요? 음, 그럼……."

"일단 먼저 좀 쉬고 싶습니다만."

"아… 네, 그래요."

서문영은 뭔가 할 말이 있는 것 같았지만, 조휘는 좀 쉬고 싶었다.

조휘라고 체력이 무한한 건 아니었다. 인간인 이상 당연히 유한하다.

일반인들에 비해 월등히 높고, 뇌주 군영 타격대 중에서도 거의 다섯 손가락에 들 정도로 체력이 좋긴 하지만 하루 동안 전투를 두 번, 게다가 며칠이나 노숙하며 산채에 잡혀 있던 사람들과 함께 영정현으로 이동했다.

끼니도 마른 육포와 산채에 있던 보리죽으로 해결한 만큼 체력은 상당히 소진됐다. 뭔가 먹고 쉬고 싶긴 하지만, 지금은 일단 잠부터 자고 싶었다.

서문영의 서운한 표정이 마음에 걸리지만, 지금 같이 자리에 앉으면 한 시진이고, 두 시진이고 떠들어야 할 것 같았다.

'얘긴 좀 쉬고 나서 합시다.'

그땐 들어줄 용의가 있으니까.

살짝 고개를 숙여 예를 표한 조휘는 계단 쪽으로 걸음을 옮겼다. 그러자 바로 진평이 다가왔다. 방으로 안내해 주려는 것이다. 조휘는 진평을 따라 방으로 들어갔고, 씻지도 않고 일단 누웠다.

"후우……."

눕자마자 나오는 한숨. 뭔가 일을 끝마쳤다는 뿌듯함보다는 안도감이 먼저 들었다.

본래 무시했어도 좋을 산채와의 전투.

하지만 이미 정찰 온 걸 파악한 순간부터 전투는 피할 수가 없었다. 그대로 무시하기에는 뒤통수가 근질근질할 거고, 그 자체로 신경이 곤두설 게 분명했다. 그렇게 길을 가느니, 차라리 원흉을 제거하는 쪽을 선택하는 게 조휘다.

물론 정찰만 올 가능성도 충분히 있었지만 확률 자체를 그리 믿지 않는 조휘다. 해가 될 것 같으면 제거하는 것. 그게 뢰주 군영에서 조휘가 배운 방식이었다.

딱, 연 백호장이 그랬으니까.

'귀찮았어도 잘 선택한 거야.'

꾸물, 꾸물.

사르르 감기는 눈꺼풀. 조휘는 이후 깊은 잠에 빠져들었다.

<pre>   *   *   *</pre>

조휘가 다시 눈을 떴을 때는 해가 지기 시작하는 술시 초
였다.

"으으음……."

찌뿌둥한 몸을 일으켜 기지개를 켜는 조휘.

두두둑거리는 소리가 울리고, 허리도 뚝뚝 꺾었다.

이후 멍한 정신을 가다듬고, 갈아입을 옷을 가지고 나간 조
휘는 우물가로 가 시원하게 몸을 씻고 다시 객잔의 일 층으로
들어섰다.

저녁 시간이라 그런지 삼삼오오 모여 하루의 피곤을 독한
화주로 달래는 이들이 많이 보였다. 구석의 빈자리로 가서 엉
덩이를 붙인 조휘는 쪼르르 다가온 점소이에게 소면, 볶음, 그
리고 화주 하나를 시키고 다시 한 번 주변을 둘러봤다.

백성들의 틈에 도검을 찬 무사들이 간간이 섞여 있었다. 딱
봐도 상단의 무사들은 아니었다. 이미 그들의 복장과 얼굴, 목
소리까지 외웠으니까.

그럼 상단이나 표국?

역시 아니었다. 복장이 너무 자유분방했다. 통일감이 없는
복장으로 호위대를 운용하는 표국이나 상단은 없으니까. 그렇

다면 그냥 강호를 주유하는 무인들일 가능성이 높았다.

'세 개의 자리. 총 열.'

셋, 셋, 넷. 이렇게 무인들이 보였다. 조휘가 다음으로 본 건 분위기였다. 전투가 벌어질 거라면?

만약 그런 상황이 예견되어 있는 장소라면 분위기는 가라앉는다. 이건 아무리 조심해도 긴장이라는 놈이 뚝뚝 흐르게 되어 있었다. 정말 극한으로 단련되지 않았다면, 수없이 많은 경험을 지니고 있지 않다면 분명 흐르게 되어 있었다.

조휘는 이런 쪽으로 파악하는 감이 좋았다. 선천적인지, 후천적인지는 모르겠지만 뭔가 벌어질 것 같으면 뒷골이 저릿저릿했고, 심장 박동 수가 본인의 의지와는 상관없이 계속해서 상승했다.

그런 변화가 일어날 때면 십 중 여덟에서 아홉의 확률로 전투가 벌어졌다.

주박채와의 첫 전투는 살기가 풀풀 나서 바로 알아버렸던 거고.

조휘는 시선을 거뒀다.

별 이상은 없어 보였다. 느껴지는 건 노곤함, 독한 화주가 만들어내는 호탕함. 하루의 끝에서 느끼는 만족감 등, 일반적인 분위기에서 벗어나는 것들은 없었다.

음식은 꽤 빨리 나왔다. 나무로 된 판에 소면, 볶음, 화주와

잔을 들고 조심스럽게 걸어오는 점소이를 지긋이 바라보는 조휘.

살짝 절룩이는 게 어째 불안해 보였다. 발목을 보니 살짝 비틀려 있었다. 그렇다고 빨갛게 부어오른 것은 아니었다.

이미 다친 지 꽤 됐다는 뜻. 걱정과는 달리 음식을 엎지르거나 하진 않았다.

차분하게 걸어와 음식을 내려놓고, 맛있게 드세요! 하고 돌아가려는 점소이에게 저전(低錢) 하나를 던져 주고는 젓가락을 들었다. 그리고 면을 집어 입으로 가져가려 할 때 시기 좋게도 끼익, 소리와 함께 문이 열렸다.

힐끔 보니 서문영과 황곽, 그리고 상단의 호위들과 쟁자수들이 우르르 들어섰다.

"흐음."

조휘의 입에서 낮은 한숨이 나오는 건 당연한 일이었다.

제4장
백검문

　조휘가 한숨을 쉬자마자 서문영이 객잔 내부를 둘러보다 조휘를 발견하고는 바로 다가왔다. 얼굴에는 반갑다는 감정이 숨김없이 떠올라 있었다.

　"일어났네요?"

　"네, 뭐."

　조휘는 바로 앞에 앉아 하는 서문영의 말에 대충 대답하고 는 젓가락을 천천히 내려놓았다. 배를 채우고 싶었지만 그럴 상황이 아니었다.

　황곽도 역시 난처한 웃음을 지으며 조휘와 서문영 사이에 앉았다. 그러더니 바로 점소이를 불러 조휘가 시킨 것과 똑같은 음식을 시켰다.

"거래는 잘 끝냈습니까?"

"네? 네. 이번 현에서는 제법 좋은 성과를 거뒀어요."

"그렇습니까? 그거 다행입니다."

서문영의 상행은 간단하다. 뢰주에서 출발하면서 실은 상품을 다음 현에서 팔고, 그 현에서 다시 물건을 사들이고 다시 다음 현에서 팔고. 이렇게 반복하며 조금씩 이문을 남기는 방식이었다.

상행의 몇 가지 방법 중 서문영이 고른 방법이었다. 딱히 좋다 나쁘다 할 수는 없었지만, 초보자인 서문영에게는 딱 적당한 방법이기도 했다.

물론, 그렇다고 완전히 쉽지는 않았다.

거래라는 것 자체가 시세를 정확하게 꿰고 있어야 하니 말이다.

시세를 모르면 당연히 제값에 물건을 사들일 수가 없었다. 하지만 그래서 황곽이 따라붙은 것이다.

그는 조용히 서문영의 옆에서 지켜보다가 살짝 엇나갈 때마다 바로 잡아주는 역할을 맡았고, 그것만으로도 이곳까지 제법 수입을 올린 서문영이었다.

물론 이 수입은 상행의 식비, 그리고 호위무사들의 임금, 쟁자수들의 임금을 그날마다 지불하고 나서 남는 것이었다.

물론 노력에 비해 크게 남지 않았지만, 이 모든 게 경험으로 축적되면 나중에는 감각이란 게 생기게 마련이고, 더더욱 크게 이문을 남기는 상행도 가능해질 것이다.

"진 호위님은요? 피곤 좀 풀리셨어요?"

서문영이 싱글거리는 낯으로 물어왔다. 낮에 봤을 때보다 혈색이 훨씬 살아나 있었다. 아마 거래를 하면서 남아 있던 충격의 잔재들이 모두 흩어진 것 같았다. 좋은 반응이었다.

"네, 한숨 자고 일어났더니 많이 좋아졌습니다."

"다행이에요. 걱정 많이 했어요."

마음이 여린가? 했던 걱정을 하고, 또 하는 서문영. 조휘는 대답 대신 작게 미소만 지었다. 바로 음식이 나왔다. 점소이는 이번에도 불안한 걸음으로 다가와 음식을 내려놓고 갔다. 이후 바로 식사를 시작했다.

잠시 대화하는 동안 소면의 국물은 역시 식어 있었다. 하지만 돼지 뼈를 우려낸 담백한 육수의 맛이 나쁘지 않았다. 면도 좀 불었지만 바로 먹었으면 나쁘지 않을 맛이었다. 소채, 약간의 고기와 함께 볶은 음식도 괜찮았다.

한동안은 조용했다.

서문영도 음식이 나오자 조용히 식사를 했고, 황곽도 마찬가지였다.

그에 비례해 주변은 오히려 점점 시끌벅적해졌다. 독한 화주가 들어가며 흥이 살아나는 것이다.

조휘도 시킨 화주를 반주로 들이켰다. 뜨거운 기운이 식도를 타고 내려가며 몸에 열을 지피기 시작했다. 이런 느낌은 조휘에게는 참 기분 좋게 다가온다. 여유라는 놈을 가슴과 머리로 느낄 수 있었기 때문이다.

군영에 있을 때는, 말했듯이 화주는 엄두도 못 냈다. 언제 출동할지 모를뿐더러, 죄수들이 모인 타격대에는 화주도 제대로 안 나왔기 때문이다.

그래서 조휘가 식사를 할 때마다 화주를 시켜먹는 거다.

시킨 게 간단했기에 다 먹는 데는 얼마 걸리지 않았다. 먼저 젓가락을 놓고 차로 입을 헹구는 조휘.

그러면서도 주변을 한 번씩 둘러보는 것도 잊지 않았다.

분위기는 처음과 그리 다르지 않았지만 슬슬 과열되어 가고 있었다. 다들 술기운에 흥 말고도, 본성을 저도 모르게 끄집어내고 있어서였다.

이런 경우, 보통 싸움이 난다.

일 년에 한두 번 열어주던 타격대의 연회.

그때는 화주가 무한정 지급되는데… 난리가 난다. 이 새끼, 저 새끼는 기본이고 부모님의 안부부터 몸속 장기의 외출까지 건의하는 욕설들이 기본으로 군영 가득 울렸다.

화주가 이성의 빗장을 조금씩 마비시키고, 스르륵 열리게 만든 결과였다.

안 그래도 사나운 놈들이다. 죄를 짓고 잡혀 끌려온 놈들이니 오죽하겠나? 사납다고 공포심을 안 느끼는 건 아니었다.

원초적인 생존 욕구, 전투에 대한 불안감이 표출되는 것이다. 그래서 조휘는 그냥 내버려뒀었다. 이렇게라도 안 풀면 속에서 응어리가 져 버리니까.

욕설 다음은 바로 치고받는 박투로 번졌다. 이날만큼은 웬만하면 조휘도 봐줬다. 물론 승부가 나면 바로 장산이나 위지룡을 시켜 막았다.

현재 객잔은 분명 그곳에 비할 바는 아니지만.

'곧 일어나겠네.'

계단의 입구에 있는 탁자 쪽의 언성이 매우 높았다. 총 세 사람. 벌써 이 새끼야! 저 새끼야! 죽고 싶냐, 인마! 눈깔을 쪽 빼벌라! 욕까지 마구 날아들었다.

물론 주변의 소음도 무시할 수 없는 수준이라 거슬리는 정도는 아니었지만 조휘가 보기엔 곧 주먹다짐으로 번질 것 같았다.

괜히 신경 쓴다고?

아니었다.

싸움은 흥분을 동반해서 벌어진다. 주변으로 불똥을 퍼뜨릴 가능성도 농후하다. 이런 것들이 섞이면? 어떤 상황이 벌어질지 아무도 모르게 된다.

그 어떤 폭력이든 반드시 광기는 동반하게 마련이니까. 조휘는 허벅지에 걸쳐놓은 도를 가볍게 쥐었다.

만약 사태가 벌어지면 바로 반응하기 위해서였다.

"시끄럽네요."

"그러게 말입니다."

난처한 미소와 함께 나온 서문영의 말에 조휘도 동감했다. 슬쩍 서문영을 보니 안색이 다시 조금 안 좋아졌다.

불안감, 고성. 싸움에 대한 불안감이 다시금 떠오른 것이다.

그건 나아가 조휘가 주박채를 썰어버리던 장면까지 강제로 떠올리게 한 것 같았다.

"올라가시겠습니까?"

"아니요. 앞으로 상행을 하려면 이런 상황에도 익숙해져야 한다고 아버지가 그랬어요."

"그렇긴 합니다만, 지금은 시기가 좀 안 좋은 것 같습니다."

서문영의 대답이 맞는 말이긴 하지만, 조휘는 그래도 한 번 더 권했다. 그 말을 굳이 지금부터 지킬 필요는 없다 생각했기 때문이다. 정신적으로 힘들면 쉬는 게 답이다. 괜히 버텨봐야 상처만 더 벌어지니 말이다.

하지만 서문영은 조휘의 말을 이전까지는 잘만 들었으면서도, 이번에는 듣지 않았다. 다시 고개를 젓는 서문영.

"아니에요, 더 있을게요."

"알겠습니다."

조휘의 임무는 상행의 호위다. 그러나 제일 중요한 건 사실 서문영의 호위다. 이는 상행을 떠나기 전에 만난 뢰주 상단주인 서윤걸(徐侖傑)에게 조용히 직접 부탁받은 일이다. 주박채를 쓸어버린 것도 이런 이유가 어느 정도는 들어가 있었다. 화가 될 확률도 있어 보이니 그냥 밀어버린 것이다.

임무는 딱 절강성 항주까지다. 이제 복건성으로 들어섰으니 아직 한참 남았다. 여기서 서문영이 정신적으로 충격을 받으면 곤란했다.

연 백호장이 광동성의 도성인 광주의 총군영으로 들어갈 때 호위를 맡아본 경험이 있던 조휘다.

여정이 길수록 호위는 물론 호위 대상도 정신을 바짝 차려야 하는 법이다. 사소한 것 하나가 아주 치명적인 결과를 불러일으킬 수도 있으니 말이다.

하지만 이렇게 나오니 조휘도 어쩔 수 없었다.

'강제로 끌고 갈 수도 없고…….'

뭐 어쩌겠나. 본인이 좀 더 정신을 차리자 하는 조휘였다.

잠시 후 역시, 언성을 높이던 이들이 자리에서 일어나 서로

멱살을 잡고 주먹질을 했다. 퍽! 퍽! 소리가 들렸다. 그러자 객
잔의 반응은 딱 세 부류로 나뉘었다.

두 사람을 뜯어말리는 부류.

휘익! 휘파람을 불며 불을 지피는 부류.

시선도 주지 않고 그냥 무시하는 부류.

딱 이렇게 세 부류였다. 여기서 벗어나는 사람들은 거의 없
었다. 조휘는 세 번째였다. 일단 그쪽 말고, 다른 쪽에서 괜히
불똥이 터지는 건 아닌가에 집중했다.

와장창! 쨍! 탁자가 뒤집히고 의자가 날고, 화주병이 날아
바닥에 부딪쳐 깨지며 파편이 사방으로 튀었다.

탁.

손가락만 한 자기 조각이 서문영 쪽으로 튀어 바로 도집째
들어 툭 막은 조휘.

봐라.

이렇게 불똥이 튄다는 거다.

"어머."

놀랐는지 작게 탄성을 흘리는 서문영. 그녀도 충분히 피할
수 있겠지만 정신적인 압박감 때문에 맞을 가능성도 무시할
수가 없기에 조휘가 나선 것이다.

"더 있고 싶습니까?"

조휘는 다시 조용히 의사를 물었다. 그러자 서문영은 이번

엔 바로 고개를 절레절레 저었다.

이런 상황까지 벌어진 마당이다. 괜한 다툼은 그녀도 피하고 싶은 모양이었다. 자리를 정리하고 일어나려던 조휘.

그러나 조휘는 갑자기 움직임을 멈췄다.

"……."

"왜 그러세요?"

그런 조휘의 행동에 덩달아 움직임을 멈추고 물어오는 서문영. 조휘는 대답 대신 객잔의 문 쪽을 지그시 바라보기 시작했다. 동시에 언젠가 위지룡이 했던 말이 떠올랐다.

'강호에서 사건 사고가 가장 많이 일어나는 곳이… 객잔이라고 했던가?'

그 생각이 끝나기 무섭게.

끼이익.

모두의 시선을 집중시키는 소음을 일으키며 객잔 문이 열렸다.

그리고 안으로 들어선 일단의 인물들은 모두 백의 무복을 입었고, 수는 다섯이었다.

'이거…….'

조휘는 도를 내밀어 서문영의 앞쪽으로 뺐다. 그리고 뒤로 툭, 툭, 물러나라는 신호를 보냈다.

서문영의 시선이 조휘에게 향했다. 시선이 마주치자 다시

한 번 신호를 보냈다. 그러자 알아들은 서문영이 조휘의 옆으로 왔다.

"앉으십시오."

"네……."

서문영은 고분고분 따랐다. 황곽도 서문영의 옆으로 왔고, 일 층에 있던 상단의 호위무사들도 조휘가 보낸 신호를 듣고 조심히 모였다.

'음……'

조휘는 뚜벅뚜벅 걸어 중앙의 빈 탁자에 턱하니 앉는 인물들을 주시했다.

가장 먼저 확인한 건 각각 소지하고 있는 무기였다. 검, 검, 도, 창과 돌돌 말려 허리춤에 매달린 편(鞭). 성비는 남자 셋, 여자 둘.

'들어선 것만으로 이런 존재감을 준다라……'

객잔은 들어선 이 다섯의 일행 때문에 쥐 죽은 듯이 고요해졌다.

소란스러움을 넘어 거의 광란이었던 분위기가 순식간에 잠잠하게 가라앉은 것이다.

이건 마치 뇌주 군영의 장이라 할 수 있는 정천호(正千戶)가 타격대의 군영을 찾았을 때와 다를 게 없었다.

정오품의 관직이 가지는 기백은 가히 어마어마하다.

그야말로 압도적인 존재감이라 표현하고들 하는데 조휘도 정천호를 처음 만났을 때 그런 느낌을 받았었다. 그런데 지금, 그걸 또 느끼고 있었다. 바로 좀 전에 들어선 저 다섯에게서.

"조용."

고요해진 객잔이지만 조휘의 말은 고요함에 숨어 울려 퍼지진 않았다. 정말 작은 소리로 말했기 때문이었다.

침묵이 싫었는지 하나둘 일어나기 시작했다. 그때 검을 무릎 위에 올린 남자가 손을 들었다.

"점소이."

네!

절룩이는 걸음으로 후다닥 달려가는 점소이. 그도 분위기를 느꼈는지 얼굴에 숨기지 못한 떨림이 엿보였다.

"여기서 가장 잘하는 음식 두 가지를 사람 수에 맞춰 내오게나."

네!

다시 대답하고 돌아가는 점소이. 이미 말을 했다. 말은 곧 침묵을 깬다는 뜻. 그런데도 가라앉은 분위기는 올라오지 않았다.

하나둘 일어나자 여성 중 하나가 불쑥 입을 열었다.

"기분 나쁘네요. 우리가 들어오자마자 다 일어나니까. 쳇."

그 말은 가뜩이나 가라앉은 분위기에 다시금 찬물을 확 끼

없는 소리였다. 일어나던 이들이 그 말에 얼어붙었다가 다시 엉거주춤 엉덩이를 의자에 붙였다.

조휘는 이런 걸 걱정했던 거다. 이런 순간 움직이면 꼭, 표적이 된다. 어째 움직이지 않는 게 좋겠다는 감을 느꼈다. 그 감은 적중했고, 조휘의 눈빛이 날카로워졌다.

도를 잡고 있는 손에 절로 힘이 들어갔다.

'눈 마주치지 마십시오.'

'……'

서문영을 툭툭 쳐서 손으로 전달했고, 그걸 알아들었는지 바로 고개를 끄덕이는 서문영.

조휘도 저 다섯에게서 시선을 뗐다. 그러나 청각은 아주 예민하게 곤두세웠다.

'어떻게 된 게… 하나하나가 그 뿔 달린 녀석들이랑 똑같은 기세를 내뿜지?'

마도라 불리던 조휘도 도망치게 만드는 왜구가 있었다.

왜놈들의 계급 중 무사라고 불린다던데, 이놈들은 정말 강했다. 일대일로 붙어도 겨우 상대만 할 뿐, 단 한 번도 그놈들의 목을 끊어본 적이 없었다.

물론 수는 그리 많지 않았다. 어쩌다가 한 번씩 왜구들 틈에 섞여 있는데, 이때의 전투는 무시무시하고 치열하게 돌아간다.

정말 도주도 못 하는 상황이라면 조휘를 포함해 장산, 위지룡 셋이서 그놈을 묶어 둔다. 그리고 나머지가 다른 놈들을 정리하는 방식이다.

하지만 그놈들이 둘이라면? 이땐 죽으나 사나 도망만이 살 길이었다. 퇴로가 없어도 알아서 도망가야 된다.

두 놈은, 그 자체로 재앙이니까.

그런데 지금 조휘가 느끼기에 저 다섯은, 하나하나가 왜의 그 뿔 달린 무사와 아주 흡사한 기세를 풍겼다. 물론 기질 자체는 다르지만 위험하다 속삭이는 수준이 거의 흡사하다는 뜻이었다.

이 말은 즉, 조휘도 좀 전에 기분 나쁘다고 말을 한 여인 하나를 감당하기 버겁다는 뜻도 된다.

'위지룡, 이 새끼⋯⋯.'

그놈 말이 씨가 된 것 같았다. 웃으면서 했었다. 좀 더 강하게 경고를 해주면 좋았을 텐데 말이다.

게다가 마치 분명 한 번은 그럴 거라는 말도 같이 들었던 기억이 났다.

이제 보니 완전 악담이었다. 당시는 대수롭게 생각하지 않았는데 실제로 이런 상황이 되니 팽팽한 긴장감이 온몸을 잠식했다. 하지만 그러면서도 조휘는 근육의 경직은 막고자 몸을 천천히 움직였다. 근육이 빳빳하게 굳으면? 반응속도만 느려지게 된다. 그런 상황은 진짜 재앙이다.

"사매, 최대한 갈무리해."

"네, 사형. 그냥 기분이 좀 나빠져서."

"어쩔 수 없어. 아직 경지가 부족한 우리 잘못이야."

"네, 죄송해요."

검을 든 사내의 말에 조용히 수긍하고 눈을 감고 차분한 얼굴로 변해가는 여인.

근데 정말 웃기게도 사형이란 자의 말이 떨어지기 무섭게 가라앉은 분위기가 조금씩이지만 되살아나기 시작했다. 조휘는 그 순간 시선을 돌려 다시 한 번 백의 무복 일행을 확인했다.

그러나 시선을 돌리는 순간 내색은 안 했지만 속으로는 흠칫할 수밖에 없었다.

딱 마주친 눈빛.

"……."

"……."

사형이라 불렸던 이가 정확히 조휘를 바라보고 있었다. 눈빛에는 적개심이나 불쾌감, 호기심 같은 지극히 불편한 감정들은 담겨 있지 않았지만 조휘는 시선이 마주치는 순간 도병을 잡은 손에 힘이 절로 들어갔다.

시선이 마주치고, 서로 응시하는 건 잠시였다. 사내가 먼저 안심하라는 눈빛으로 고개를 두어 번 끄덕이고는 시선을 돌린 것이다.

휴, 짧은 한숨이 저도 모르게 흘러나왔다.

시비 걸 생각은 없어 보였다. 조휘의 예상은 틀리지 않았다. 백의 무복 일행은 이후 조용히 식사를 했다.

이후 차와 가볍게 술을 시켜 자기들끼리 대화를 나눴다. 그 사이 객잔은 텅텅 비어갔다.

사내는 그게 또 미안했는지, 객잔의 주인을 불러 본래보다 많은 돈을 먼저 지불했다.

날카롭게 곤두선 기세는 기세고, 예의는 반대로 제대로 잡혀 있는 사내였다.

"서 단주, 우리도 이제 들어가는 게 좋겠습니다.".

"네? 네……."

바짝 얼어 있던 서문영이 조휘의 말에 겨우 대답하고는 자리에서 일어났다. 일어나면서 살짝 휘청거려 조휘가 얼른 팔을 잡아 지탱해 줬다.

조휘가 눈짓을 주자 남아 있던 호위무사들이 먼저 움직였다. 다섯이 먼저 가고, 그 뒤로 조휘와 서문영, 황곽이 움직였다. 백의 무복 일행이 있는 중앙을 피해 빙 돌아가는데……

"형장."

조휘를 부르는 소리가 들려왔다. 조휘가 잠시 걸음을 멈추고 바라보니 사내가 잔을 들고 조휘를 바라보고 있었다.

"그 아가씨를 모셔드리고 한잔 어떻소?"

"……."

조휘는 그 말에 바로 대답할 수 없었다. 어떤 의도 때문에 권하는 건지 알 수가 없었기 때문이다.

그러자 사내가 다시 희미한 미소를 지으며 재차 권했다.

"강호는 사해가 동도라 하지 않았소? 그리고 우린 이상한 사람들이 아니오. 그 증거로 이걸 대겠소."

그리 말하며 검을 들어 살짝 뽑는 사내.

白劍.

검면에 양각되어 있는 두 글자.

"아……! 백검문!"

조휘보다 먼저 반응한 건 고개만 힐끔 빼고 보던 서문영이었다. 그리고 조휘는 서문영보다는 느리지만 이내 백검문을 떠올렸다.

절강성 항주의 패주.

눈꽃처럼 하얀 무복과 검에 양각된 백검의 표식을 사용하는 문파는 전 중원에 오직 항주의 백검문뿐이었다.

항주 밑 소산에 살던 조휘다. 항주의 백검문을 모를 리가 없었다. 이런 백검을 뜻하는 단어가 있다. 협(俠)과 정(正). 이 두 단어다.

조휘가 아는 정도 검문 중 수위를 다투고, 가장 올곧고 정의로운 검문이 바로 백검문이다. 눈처럼 새하얀 무복은 더럽혀지지 않은 순수한 정의를 상징했다.

'백검문이라……'

조휘도 호기심이 동했다.

협과 정으로 대변되는 검파의 인물들이다. 호기심이 생기지 않는 게 이상한 일이었다.

이들이 사칭을 하고 있을 가능성도 없지 않아 있지만, 그럴 가능성은 희박하다고 생각한 조휘다.

어떤 간덩어리 탱탱 부운 놈이 감히 백검문을 사칭하나. 그건 진짜 죽고 싶어 안달이 난 놈이다. 실제로 사칭 사건이 있긴 있었다. 백의 무복과 백검의 단어를 새긴 뒤 중소문파에게 돈을 뜯어낸 사건이다.

이후 결과는? 백검문의 추적조가 중원을 횡단하듯 쫓아 끝장을 봤다. 이 일화는 아주 유명하고, 이후 백검문을 사칭하는 사건은 단 한 차례도 일어나지 않았다.

이런 자들이다. 호기심이 생기는 건 정말 당연한 일이었다. 따끔한 시선에 힐끔 고개를 돌려보니 서문영이 조휘를 빤히 바라봤다.

"올라가십시오."

조휘는 딱 잘라 거절하고, 서문영의 팔을 잡아 이끌었다. 서문영은 순순히 따라왔다. 이전의 일 이후 조휘의 말에 반항한 적은 한 번도 없었다. 그리고 지금도 마찬가지. 방까지 인도하고 황곽을 본 이후 고개를 끄덕이는 조휘.

"걱정 말게."

"그럼."

답을 들은 조휘는 다시 일 층으로 내려왔다.

"이쪽이오."

중앙이 아니라 어느새 구석으로 자리를 옮긴 백검문의 일행.

의자를 권해주는데, 벽이 아닌 가장 밖 쪽이었다. 이 또한 만족스럽다. 여차하면 바로 몸을 뺄 수 있으니까. 세세한 배려가 마음에 들었다.

쪼르르.

잔에 술이 차고.

"아까는 미안했소. 경지가 부족해 많은 사람들의 소중한 식사 시간을 망치고 말았소."

뜻밖에도 사내의 첫말은 사과였다.

"아닙니다."

조휘는 가볍게 고개를 젓고 잔을 받았다.

"아니오. 그리고 형장의 시선에 나도 모르게 반응하고 말았소. 짜르르한 시선의 주인이 누군지 궁금해져 형장의 기분을 상하게 하고 말았소. 이 부분도 사과드리오."

두 번째도 사과였다.

"그 역시 괜찮습니다."

"고맙소. 그런 의미로 한잔합시다."

"……"

고개를 끄덕인 조휘는 천천히 잔을 입으로 가져갔다.

그러나 잔 끝에서 올라오는 아주 희미한 혈향을 느끼고는 눈매를 살짝 꿈틀거리고, 잔을 조용히 내렸다.

그런데 조휘만 맡은 게 아니었다.

"음, 피 냄새가 나는구려."

"저도 맡았습니다."

똑같이 피 냄새를 맡았다. 하지만 서로 다른 피 냄새를 맡았다.

조휘는 잔에 묻은 혈향을, 백검문의 사내는 열린 문 사이로 들어오는 바람이 조휘를 치면서 피어난 혈향을.

즉, 서로가 서로에게 묻은 피 냄새를 맡았다는 소리였다. 조휘도 주박채를 썰며 묻은 피를 씻긴 씻었지만 완전히 지우지 못했고, 그건 이들도 마찬가지였다.

"전투를 치르고 오신 모양이오?"

"네, 오다가 산적을 만나서 말입니다."

"오호, 혹시 주박산을 지나오셨소?"

"네."

"관도에 널브러진 시체들이 형장이 지나간 흔적이구려."

"아마 그럴 겁니다."

조휘는 산적과의 전투가 있었다는 사실을 부정하지 않았다.

담담하게 자신이 행한 일을 고한다. 설마 백검문의 인물들이 산적의 목숨을 거뒀다고 검을 뽑지는 않을 거라는 생각 때문이었다.

조휘의 생각은 맞았다. 이들은 협과 정을 기치로 세운 백검문도. 조휘에게 살인의 죄를 물을 생각은 조금도 없어 보였다.

"사형, 소개부터 해야 하는 게 아닐는지요."

그때 창을 무기로 사용하는 백검문도가 조용히 조휘와 대화 중인 사내에게 말했다. 그러자 사내는 바로 아차, 하는 표정이 되더니, 미안한 표정으로 다시 변했다.

"이런, 내 정신이 없어 소개도 안 했구려. 백검문 만병(萬兵) 대 곽원일이오. 이쪽부터 차례대로 사제들인 왕소산, 장삼걸, 은여령, 장소취라고 한다오."

차례대로 소개를 하기에 조휘도 한 명씩 얼굴을 보며 안면을 익혔다. 살짝 일어나 예를 취하지만 절제의 미가 있었다.

과연 백검문의 인물들다웠다.

"진조휘입니다. 따로 소개할 만한 이력이 없군요."

그에 조휘도 가볍게 자신의 이름만 밝혔다. 이름만 말한 건 따로 설명할 것들이 없었기 때문이다.

전역병이라는 걸 말하기도 그렇고, 그렇다고 뇌주 군영에서 얻은 마도의 별호를 밝히기도 그랬다.

앞에 다섯은 무려 백검문에 소속된 이들. 꾸물거리는 벌레 앞에서 주름잡기나 다름없었다.

"특이하게 왜도를 쓰시네요?"

조휘는 말을 한 여인을 바라봤다. 특별할 것 없는 외모의 장소취라는 여인이었다. 아니, 눈빛만큼은 특이했다. 조휘가 허벅지에 기대어 놓은 도에서 흥미 어린 시선을 떼지 못하고 있으니까.

만병(萬兵)이라는 단어가 들어간 대에 소속된 이인 만큼, 조휘의 풍신이 바로 왜도의 한 종류라는 걸 알아차렸다.

"군역에 종사하며 얻은 도입니다."

"아하? 근데 군역이라 하시면……?"

"뇌주 군영 타격대 소속이었습니다."

"아아, 뇌주 군영에 계셨구나. 비슷한 일을 했네요, 저희랑? 저희는 삼 년간 광주에 있었어요."

"그랬습니까? 아, 이제 보니 들은 기억이 납니다."

조휘도 들어본 적이 있었다. 왜구의 약탈에 대항하기 위해 황실이 내린 첩지.

해안 쪽에 위치한 모든 문파들은 문도를 일정 수 뽑아 각 군영을 지원하라는. 그래서 뢰주 군영에는 없었지만 다른 군 영은 무림문파에서 파견 나온 무인들이 있다는 얘기를 들은 적이 있었다.

백검문의 이 다섯이 광주에 파견 나왔던 파견 무인이었다.

"그럼 이제 돌아가는 길이십니까?"

"네. 삼 년이 지났거든요. 열이 왔다가 다섯이 돌아가는 길 이에요."

차분하나, 어딘가 씁쓸한 장소취의 말에 조휘도 천천히 고 개를 끄덕였다. 무슨 말인지 바로 이해한 탓이다.

왜구와의 전쟁에서 다섯이나 전사했다는 소리였다.

강호인이라고 무적이 아니다. 솔직히 지금 대화하는 장소취 정도면 조휘도 해볼 만해 보였다.

바로 옆의 사내, 곽원일의 나이는 대략 사십 전후로 보였다. 조휘보다 연배도 한참 위고, 그 연배 차이만큼이나 무력 차이 도 벌어져 있었다. 조휘는 보는 순간 알 수 있었다.

'못해도 뿔 달린 무사급.'

어쩌면 더욱 높을지도 모르겠다는 생각이 들었다. 그리고 그 옆의 사내들 또한 조휘가 상대하기엔 벅차 보였다. 여인 하나도 마찬가지.

하지만 이제 갓 스물이 넘어 보이는 장소취는 그나마 조휘와 비슷했다. 나이도 나이지만, 아직 여인이 가진 육체적 한계를 넘어서진 못한 것 같아 보였다.

'살아남은 게 용하군.'

전장은 남녀를 가리지 않는다. 오로지 아군과 적군의 개념으로 분류되며, 적이라 판단되면 절대 봐주는 법이 없는 곳이 바로 조휘가 뛰었던 전장이다.

"진 소협은, 아, 진 소협이라고 불러도 되겠소?"

창을 쓰는 백검문도, 왕소산이 물었다.

조휘가 가볍게 고개를 끄덕이자 말을 잇는 왕소산.

"진 소협은 군문에 얼마나 있었소?"

하대지만, 신경 쓰지 않았다. 얼굴에 나타난 세월의 흔적으로 보아 왕소산의 나이는 적어도 곽원일과 비슷하다.

"십 년간 있었습니다."

"십 년… 오래도 있었구려."

"네, 긴 세월이었습니다."

조휘가 씁쓸히 대답하자, 여태 조용히 듣고만 있던 은여령이라는 여인이 슬쩍 말을 받았다.

"십 년이라면 일반 복역 기간이 아니군요. 게다가 뢰주 군영 타격대 소속이면……."

뒷말을 슬쩍 흐리는 걸로 보아, 조휘가 있던 타격대에 대해 아는 것 같았다.

끝까지 말하지 않은 건 조휘에 대한 배려. 죄수라는 걸 말해 조휘의 기분을 상하지 않게 하려는 배려다. 역시 백검문. 예의를 제대로 아는 사람들이었다. 그래서 조휘는 그 배려에 대한 보답을 내놓았다.

"네. 타격대는 보통 죄수들로 구성되는 전투단입니다. 저 역시 죄를 지은 죄수였습니다. 그래서 기한은 십 년이었고."

담담한 조휘의 말에, 다섯 명의 시선이 모두 조휘에게 달려들었다. 조휘는 그 시선들을 담담히 받았다. 지은 죄가 없으니까.

'아니, 있나? 그 새끼의 대가리를 야밤에 몰래 후려쳤으니까. 후후.'

속이 쓰다. 그 새끼만 생각하면.

다행히 백검문도들의 눈빛에는 죄수라고 가지는 거부감, 선입견이 담겨 있지 않았다.

눈은 마음의 창. 눈동자를 통해 그 사람의 내면을 보려는 눈빛들이다. 그래서인지 탐색의 기운은 조금 담겨 있었다. 하지만 기분 나쁜 정도는 아니었다. 이런 게 싫었으면 애초에 조휘가 말을 하지 않았어야 했다.

"죄를 지을 분은 아니시네요."

은여령이 툭 내던진 단정적인 말에, 조휘의 상념이 깨지고 시선이 저절로 그녀에게 향했다.

조휘의 또렷한 갈색 눈동자와 딱 마주친 은여령의 눈동자. 장소취와는 다르게 은여령의 외모는 예뻤다. 눈, 코, 입의 조화가 매우 잘 맞아 길가다 마주치며 지나가면서도 한 번 더 돌아보게 만들 외모였다.

"그렇게 생각해 주시니 감사합니다. 하지만 제가 여러분들을 속일 가능성도 있습니다만?"

조휘는 감사를 하면서도, 툭 던져 떠봤다. 대답은 은여령이 아닌 곽원일에게서 나왔다.

"하하, 은 사매가 그렇다면 그런 거요."

"왜 그렇습니까?"

되묻자,

"은 사매의 사람 보는 눈은 여태 틀린 적이 없기 때문이오. 하하."

"음……."

사람을 잘 본다? 그런 사람들이 있었다.

특별한 감각을 가진 사람들. 일반적으로 느끼는 오감 말고, 그 외의 감각 정보를 받는 사람들. 조휘도 그런 사람들 중 하나였다. 위험 신호를 느끼는 게 그쪽에 해당되기 때문이다.

위협이 다가오는 것에도 빠르게 반응하는 조휘다. 지금 조휘가 손발 멀쩡히 전역할 수 있었던 것도 그런 특별한 감각 때문이었다.

은여령이라는 여인은 조휘와 비슷한 부류의 인간 같았다. 그렇기 때문에 굳이 되묻지 않았다.

"타격대면 최전방에서 싸우는 사람들이지요? 쾌속선을 타고 이동해 백병전을 전문으로 치르는."

장소취가 다시 물었다.

"그렇습니다."

가볍게 고개를 끄덕이는 조휘.

"그런 부대에서 십 년이면… 실력이 대단하시겠어요. 사실 저도 궁금했어요. 객잔으로 들어설 때 순간적이지만 아주 날카로운 눈빛을 받았고, 그게 진 소협이라는 걸 알고 있었거든요. 만약 사형이 청하지 않았으면 저라도 혼날 각오를 하고 청하려고 했었어요."

조잘조잘 나온 말은 역시 기분 나쁜 정도는 아니었다. 순수한 호기심을 그대로 드러내는 말이었다.

솔직히 이들이 들어왔을 때 잔뜩 긴장해 날카로운 시선을 던진 것도 사실이다. 지금 이 자리가 전부 조휘의 과민 반응에서 비롯된 것이라고도 볼 수 있었다.

"운이 좋았을 뿐입니다."

"에이, 저도 겪었어요!"

장소취가 조휘의 운이 좋았단 말을 단박에 밟아 뭉갰다. 난 처한 조휘다. 이런 경우가 이미 전역 후에도 한 번 있었다. 바로 서문영과의 일이다.

겁도 없이 조휘에게 검을 들이밀고, 암기를 던진 철부지 아가씨였다.

하지만 장소취는 서문영과는 엄청난 차이가 있었다. 나이는 어려 보인다. 스물은 넘은 것 같은데, 얼마나 먹었는지는 알 수 없었다.

하지만 나이는 이미 상관이 없었다. 무려 백검문도다. 가진 바 기세도, 실력도 서문영과는 비교조차 불가능했다.

"운으로는 살아남을 수 없는 곳! 그런 곳 아닌가요? 저희나 진 소협이 있던 곳은?"

"음, 원하는 게 있습니까?"

"있긴 한데, 말하면 사형한테 혼날 게 뻔해서 말 못 하고 있어요."

"그럼 넘어가 주십시오. 처음에 말했듯이 피를 본 지 얼마 안 되어서 말입니다."

조용한 조휘의 부탁에, 장소취는 고개를 끄덕였다.

그녀도 나이가 나인지라, 아직 끓어오르는 호승심을 전부 죽이진 못했지만 그래도 사리 분별은 할 줄 아는 머리는 가지고 있었다. 대뜸 조휘한테 비무를 하자는 게 큰 무례라는 것을 잘 아는 것이다. 게다가 그녀의 말처럼 그 말을 꺼냈다가는 곽원일한테 왕창 깨질 것도 알고 있었고.

"마도 진조휘."

"음?"

갑자기 들려온 말에 조휘가 고개를 돌려 보니, 여태 조용히 있던 장삼걸이 조휘의 시야에 들어왔다.

다섯 중 가장 차분해 보이는 인상이다. 시선이 마주치자 장삼걸이 다시 말을 이었다.

"뇌주 군영 연 백호장의 신임을 받는다던 십장."

"음……."

조휘를 알고 있었다.

아니면,

"뇌주 군영의 마도."

조휘의 소문을 들었던가.

아마 후자인 것 같았다.

"사제, 아는 사람인가?"

"……."

곽원일의 질문에 장삼걸은 다시 고개를 저었다. 그러자 곽원일이 그럼? 이라고 되물었다.

"민간 쪽에서는 유명한 이입니다."

"오… 그래?"

역시 조휘에 대한 정보를 어디선가 얻은 것 같았다.

곽원일이 기분 좋은 미소를 짓고는 조휘를 바라봤다.

눈동자에는 마치 정말이냐? 이런 감정이 담겨 있었다. 조휘
는 난처했다.

아닌 건 아니다. 조휘의 별호 마도는 뢰주에서 광주까지 이
르기까지, 해안가 쪽의 마을들에서는 정말 유명했다.

마도라는 별호를 얻은 이후 조휘의 도움을 안 받은 마을을
찾는 게 더 힘들었기 때문이다.

이러한 사실은 솔직히 조휘도 알고 있었다. 하지만 느껴보
진 못했다. 그걸 느낄 자유가 없었기 때문이다.

전투가 끝나면 바로 수습 뒤, 다시 배를 타고 군영으로 돌
아간다. 그게 끝이다. 그러니 뭘 느끼겠나.

짝!

"아, 저도 들어본 것 같아요! 어디였더라? 오문현이었나? 그
쪽 전투 끝나고 마을 사람들한테 지나가는 말로! 그게 진 소
협이었어요?"

장소취도 아는 척을 하자, 오 인의 시선이 다시금 조휘에게
날아왔다.

조휘는 아무런 대답도 하지 않았다. 인정할 게 따로 있지,
협과 정의 표본이라 할 수 있는 백검문도들에게 이런 걸 자랑

했다가는 밤에 잠도 못 잘 것 같았다.

그런 조휘의 난처한 기색을 곽원일이 알아채고, 부드럽게 대화를 전환했다.

"이제 전역하고 고향으로 가는 길이오, 아니면 아까 본 아가씨의 호위무사가 된 것이오?"

"둘 다 맞습니다."

"고향으로 가는 길에 겸사겸사 호위도 겸하는 모양이구려."

"네."

고향이 어디인가요?

하늘하늘 날아든 은여령의 질문.

"소산입니다."

"소산? 항주 밑에 있는 소산 말인가요?"

"네."

"가는 길은 같네요."

"그러게 말입니다."

은여령은 거기까지 말하고, 가볍게 화주 한 잔을 따라 입으로 가져갔다. 여인이 먹기에는 독한 화주다.

그걸 마치 물처럼 넘기는 은여령. 여인이지만 그 이전에 무인이다. 원래는 반대로 설명해야 하지만 무인은 그렇게 표현한다고 어디선가 들었다.

"술을 잘하시는군요."

이번엔 조휘가 먼저 운을 뗐다. 그러자 은여령의 안 그래도 차분한 표정이 더욱 가라앉아갔다. 그 이유가 짐작이 됐다.

"진 소협과 저희가 있던 곳이 술 없이 살 수 있던 곳이었나요?"

"아니지요."

그렇게 말하며, 조휘는 당신이 마시는 그 흔한 화주도 일 년에 한두 번 먹던 곳이 타격대라는 말이 목구멍까지 올라왔지만, 꺼내지는 않았다. 해봤자 신세 한탄이 될 것 같아서였다. 그리고 저쪽 신세도 꽤나 나쁘다.

열이 왔다가 다섯만 남았다는 장소취의 말. 독한 화주는 그 슬픔을 이겨내기 위한 수단이었을 것이다.

그래도 조휘보다는 좋다. 조휘는 슬픔을 삭게 해줄 그 어떤 도움도 받지 못했으니까.

"고향으로 돌아가면 뭘 할 거예요?"

장소취의 질문.

그녀도 이미 서너 잔 들어간 화주 덕분에 보기 좋게 얼굴이 붉어져 있었다.

"글쎄요. 아직 결정하진 않았습니다. 할 줄 아는 것이라곤… 이걸 쓰는 것밖에 없고."

슬쩍, 풍신을 툭 치는 조휘. 그에 다섯의 시선이 풍신에 갔다가 다시금 돌아왔다.

하지만 시선을 느끼기보단, 조휘는 속으로 다시 한 번 다짐할 뿐이었다. 결정되지 않았다고 했지만 실제는 이미 결정됐다.

'소산적가. 기다려, 얼마 안 남았어.'

적가에 대한 적개심이다. 복수다.

독한 술에 홍이 오른 아버지가 휘청이다가 툭 부딪쳤다는 걸로, 그 자리서 목을 친 적가의 장남.

악에 받쳐 따지러 간 어머니에게 모진 고문을 가하고 끝내 돌아가시게 만든 적가의 총관.

복수하려고 술에 취한 적가의 장남을 기습한 조휘를 끌어다가 개 패듯이 패고, 관아에 넘겨 십 년간 복역을 하게 만든 적가의 가주.

복수의 대상들이다.

곽원일이 조휘의 상념을 깼다.

"그 도는 적각무사들을 잡고 얻은 거요?"

"적각무사?"

"붉은 뿔 달린 왜의 무사들 말이오."

"아아……."

뿔 달린 무사.

곽원일은 그들을 적각무사라 불렀나 보다. 확실히 조휘가 봤던 그 투구에 박힌 뿔은 적색이었다.

간혹 가다 색이 다른 뿔이 달린 투구나, 뿔의 수가 다른 투구를 쓴 무사들도 있었지만 그들은 극소수였다. 대체로 적색이었던 걸로 조휘도 기억한다.

"……"

조휘는 대답 대신 허벅지에 기대어 놓은 풍신을 바라봤다.

정말 우연찮게 얻었다. 오 년 전, 왜구 소탕 작전에 나간 섬에서 적진의 본진을 휩쓸며 얻은 게 바로 풍신이다.

관상용이었는지 벽에 걸려 있었는데, 조휘는 이상하게 끌림을 느껴 그대로 들고 나왔고 연 백호장은 풍신을 보고도 하사품으로 조휘에게 주었다.

그렇게 함께한 풍신이다.

"아닙니다. 전투 중 적의 본진에서 얻었습니다."

"그럼 적각무사와 마주친 적은 있소?"

"네."

"그렇구려. 사실 우리가 군문에 이렇게 삼 년씩 지원을 나오는 이유는 앞서 말한 적각무사들 때문이라오. 그들이 너무 강해 일반 병사의 피해가 너무 심하니 아예 무인으로 상대를 하라는 황명이 있었소."

"그렇습니까?"

"그렇소."

후우. 이후 한숨을 내쉬는 곽원일. 표정에는 숨길 수 없는 슬픔이 담겨 있었다.

조휘는 슬픔의 이유를 알 수 있었다. 사제들을 잃은 슬픔, 그리고 몸소 겪은 전쟁의 참혹함, 광기. 그런 것들이 그를 슬프게 만드는 원흉이었다.

그리고 황명.

조휘도 알고 있었다.

어쩌면 남들보다는 더욱 자세히 알고 있을 것이다. 연 백호장의 집안이 나름 힘 좀 쓰는 곳이라 황실의 사정에도 밝기 때문이다.

연 백호장은 조휘에게 정말 기밀이 아니라면 숨기지 않았다. 그래서 남들보다는 그 '황명'에 대해서 잘 안다. 하지만 알은체하지 않았다. 그저 고개만 끄덕였을 뿐. 그리고 어쩌면 이들도 알고 있을 수도 있었다.

무려 백검. 이 두 글자를 자신의 무기에 새긴 이들이니 말이다.

"사형."

"이런, 하하하. 미안하오. 이상한 소리를 했구려."

왕소산의 말에 곽원일이 급히 정신을 차리고 수습했다. 그에 조휘는 알 수 있었다. 이들도 '황명'에 대해 알고 있다는 사실을. 그리고 어쩌면 자신보다 더욱 '많은' 걸 알고 있을지도 모른다는 걸.

하지만 조휘는 그쪽에 관심을 두지 않았다. 지금 당장은 황명에 대해 알아보는 것보다, 그 때문에 조심하는 것보다 먼저 하고 싶은 일이 있었다. 그게 뭔지는, 잘 알리라.

"시간이 늦었습니다. 만남은 여기까지 하는 게 좋겠습니다."

그에 조휘는 자리를 끝내고자 마음먹었다.

곽원일이 고개를 끄덕이며 수긍했고, 조휘는 그 모습을 보고 자리에서 일어났다. 가벼운 인사와 함께 자리를 파한 조휘는 자신의 방으로 돌아왔다.

백검문의 인물들은 늦은 밤임에도 묵지 않고 객잔을 나섰다. 아마 길을 재촉하려는 것 같았다.

그들이 말을 타고 떠나는 걸 열어놓은 창문으로 확인한 조휘는 다시 창문을 닫고 딱딱한 침상에 앉았다.

대화 내용을 복기해 봤다.

반 시진이 좀 안 되는 시간 동안 특별한 대화는 없었다. 특별한 게 하나 나오려다 끝났다.

연 백호장이 전역 얼마 전에 해줬던 말이 생각났다.

'몸을 사릴 시기라고 했지.'

그리고 조휘는 그 말에 그럴 생각도 없으면서 그러겠다고 대답했다. 조휘는 몸을 사릴 시기라고 했던 게 '황명'에서 비롯된 것이라 생각했다.

아직 피부로 느껴질 정도로 뭔가가 일어나는 건 아니다.

그리고 몸을 사린다고? 조휘에게는 불가능한 일이었다.

소산적가. 그중 적가의 장남, 총관, 가주, 이렇게 셋은 반드시 처단하겠다고 마음먹은 조휘다. 그걸 위해 악착같이 살아남은 게 아닌가.

오직 그것 하나만을 위해서 십 년을 버텼다. 이 부분에 대해서는 연 백호장은 물론 장산이나 위지룡에게도 함구했었다.

그중 연 백호장은 진조휘라는 인물을 조사해 알고 있을지모르지만 언급을 한 적은 없었다. 하지만 했다고 해도 들어줄생각은 눈곱만큼도 없었다.

이는 개인사. 연 백호장이 이래라저래라 할 수 있는 일이 아니었다.

'다시 끌려간다고 해도, 사형을 당한다 해도……'

하늘이 두 쪽이 나도, 땅이 뒤집혀도 조휘는 소산적가에 대한 복수를 그만둘 생각이 없었다.

백검문의 인물들 때문에 소산에 더 빨리 가고 싶어졌다. 하루 빨리 가서 파악하고, 치고 싶었다.

갑작스레 들끓기 시작하는 복수심에 조휘는 일어나 다시 창문을 열었다. 저 하늘 높이 떠오르는 달이 보였다.

푸르스름하고, 신비로운 기운을 내뿜는 달.

"……"

조휘는 말없이 달을 올려다봤다. 신비로운 마력이 영향력을 발휘하기 시작했는지, 조휘는 몸이 근질근질해졌다.

마도(魔刀).

그 별호가 단순히 만들어진 게 아님을 알아둬야 했다. 마도라는 소리를 들을 만한 모습을, 마(魔)가 끼었다는 소리를 들을 만한 모습을 '보여'줬기 때문에 붙은 것이다.

지금은 감추고 있지만, 그게 진짜 뢰주 군영 타격대의 마도 진조휘다.

'아직은……'

때가 아니었다.

억누르고 있던 것들을 폭발시킬 때가.

탁.

다시 창문을 닫은 조휘는 침상에 누웠다. 하루 빨리, 소산으로 가자는 생각을 하며 눈을 감았다.

제5장

찾아든 마(魔)

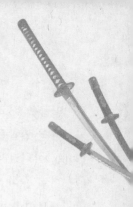

이후 여정은 순탄했다. 영정에서 룡암, 룡암에서 장평, 장평에서 다시 덕화에 이르기까지, 산적이나 도적을 만나는 일은 없었다.

아, 있긴 있었다. 말을 탄 열 명의 마적 떼를 만나긴 했었다.

이놈들은 관도를 따라 움직이는 여행객들을 몰이하듯 사냥하며 쫓고 있었다. 그러다 선봉으로 먼저 움직이는 조휘에게 딱 걸렸다.

조휘는 이번에도 먼저 나서 전부 쓸어버렸다. 약 이각 정도

걸렸나?

일곱을 베고, 셋이 도망가는 데까지 걸린 시간이 말이다.

마적 일곱을 베면서 전리품도 쏠쏠하게 챙겼다. 말이다. 전마는 아니었지만 말 자체가 워낙에 귀중하다.

조휘는 이 말을 팔아 정확히 반을 챙겼다.

서문영은 처음에는 괜찮다고 했지만, 조휘가 두 번 권하자 잽싸게 받았다.

이런 마적의 습격을 빼면 덕화까지의 길은 순조롭다 할 수 있었다. 길을 재촉하는 것도 아닌지라 느긋하게 움직이니 오히려 지루할 지경이었다.

그나마 다행인 게 계절이 추수의 계절에 들어서면서 날씨가 많이 선선해졌다는 점이었다. 만약 뙤약볕이었으면? 아마 진짜 미쳐 버렸을 것이다.

망망대해의 강렬한 햇볕도 경험해 보긴 했지만, 그렇다고 그 경험이 햇볕을 아무것도 아닌 것처럼 견디게 해주는 건 아니었다.

다가닥, 다가닥.

말발굽 소리가 일정한 간격으로 들렸다. 그 안정감 있는 소리를 들으며 조휘는 주변을 둘러봤다.

내륙이다.

짠 내음도 안 나고, 짠 기를 머금은 습한 해풍이 불지도 않는다. 게다가 평화롭기까지 하다.

관도를 좌우로 나뉘어 금빛으로 물든 들판, 그런 황금빛 들판에서 낫을 들고 일하는 백성들. 올해는 풍년이 들었는지 고개 숙인 벼를 보는 백성들의 표정은 밝기만 했다.

조휘가 타격대에서 봤던 수많은 표정들 중 저런 표정은 정말 손에 꼽았다. 있다면 전투에 나섰다가 살아서 다시 군영으로 돌아왔을 때나 잠시 안도한 표정을 지었다.

그 외에는 거의 전부 불안, 공포 같은 감정들에 휘말려 어두운 표정을 하고 있는 타격대의 군상이었다.

그런 것들만 보다가 저렇게 밝은 표정들을 보니 이 또한 감회가 정말 새로웠다. 근 십 년 만에 보는 것이니 말이다.

게다가 평화가 이미 안착했는지, 말을 타고 천천히 관도를 지나가는 조휘를 보고도 불안해하지 않았다.

이 또한 참 신기했다. 경계심이 아예 없는 모습이 말이다.

전역 후 바로 찾아오지 않고 이제야 찾아온 여유. 이 여유라는 게 생기자 너무나 많은 것들이 눈에 보이고, 맡아지고, 느껴지며 새롭게 다가왔다.

풀 냄새.

흙냄새.

뢰주 군영에서도 느낄 수 있었던 것들이다.

그곳에도 풀이 있었고, 땅도 당연히 있었으니까.

하지만 군영에서 느끼지는 냄새들 중 가장 강렬하게 느껴지는 것은 짙은 죽음의 냄새다. 병장기가 만들어지는 소리나 훈련하는 소리. 그리고 철, 화약, 피, 이런 냄새들이 거의 군영 내를 장악하다시피 하고 있었다.

처음에는 정말 토할 정도로 역했었다. 하지만 그건 전투 서너 번 정도 치르고 나니까 사라졌다.

오히려 그런 냄새를 다시 맡을 수 있는 것에 안도했었다.

그런 칙칙한 것들과 함께하다 보니 정신도 무뎌졌다.

무뎌진 정신을 다시 예리하게 만들어준 것은 끓어오르는 복수심이었고, 그 복수를 이루기 위해선 생존 그 자체가 필요했다.

'좋다……'

그러다 보니 지금 이 순간이 너무나 좋아진 조휘다. 전방으로 끝없이 펼쳐진 관도. 푸른 하늘, 금빛 들판, 풀 냄새, 흙냄새, 여유, 고향으로 돌아간다는 뿌듯함. 그리고 기대되는… 적가(赤家).

한참을 그렇게 길을 가는 조휘.

가면서도 조휘는 본분을 잊지는 않았다. 자신은 선봉이자, 척후병이다. 가장 먼저 길을 재촉하며 상행을 위협하는 모든 것들을 찾아, 배제하는 역할을 맡은 것이다.

여유는 느끼되, 주변을 바라보는 눈빛엔 경계심이 확실히 담겨 있었다.

해를 보니 딱 오시 정각이 되어가고 있었다. 그러다 보니 관도 쪽으로 농민들이 하나둘씩 나오기 시작했다. 점심을 먹기 위해서였다.

조휘도 천천히 상단이 점심을 먹을 곳을 물색하기 시작했다.

안성맞춤인 곳은 당연히 그늘지고, 주변 지형이 한눈에 잘 들어오는 곳이다. 금빛 관도를 지나다 보니 딱 안성맞춤인 곳이 있었다. 상단의 인원들이 넉넉하게 쉴 수 있을 만한 곳이었다.

큰 나무 몇 개를 베었는지, 원형의 그루터기와 엉성하게 만든 평상도 있어 정말 딱 쉬기 좋은 곳이었다.

조휘는 말에서 내려 천천히 그곳으로 향했다. 지역 농민들이 제초도 한번 했는지 땅도 고르고 깔끔했다. 조휘는 말을 그냥 풀어놨다. 어차피 주인의 인식이 깃든 놈이라 도망가는 일은 없을 것이다.

조금 기다리자 조휘가 온 길로 상단이 모습을 드러냈다. 조휘는 다시 관도로 올라갔다. 일정한 속도로 다가오는 상단.

조휘를 보고 나서야 서문영이 하늘을 힐끔 보고는 빨리 다가왔다. 조휘의 말이 풀을 뜯어먹고 있던 공터를 한번 훑어보고 나서야 서문영이 입을 열었다.

물론 만족한 미소를 가득 피운 채로.

"여기서 쉬시게요?"

"네, 그럴까 합니다."

"좋아요."

토 달지 않고 바로 수긍하고, 상단을 향해 손짓으로 신호를 보내고는 성큼성큼 걸어 공터로 갔다.

그 뒤를 따라 조휘도 다시 공터로 갔다. 공터에 도착한 서문영이 와, 하고 짧은 탄성을 흘렸다. 딱 쉬기 안성맞춤이었기 때문이다. 어제, 엊그제도 마땅한 장소를 찾지 못해 뙤약볕에서 점심을 해결할 수밖에 없었다. 뭐 그 정도도 못 견딜 조휘가 아니었지만 짜증이 좀 일어나는 건 어쩔 수 없었다.

잠시 후 상단의 본대가 들어오고, 후미에서 호위 다섯과 같이 오던 황곽도 공터로 들어섰다. 들어서자마자 잠시 휴식을 취했고, 약 일각 뒤부터 바로 식사 준비에 들어갔다.

조휘는 그 준비에 참여하지 않았다. 하지만 그렇다고 아무것도 안 하는 건 아니었다.

둘러보긴 했지만 혹시 몰라 다시 한 번 주변을 정찰했다.

풍신을 챙겨 공터 근방으로 이동하는데 서문영이 따라 나섰다.

"주변 탐색하게요?"

"네."

"같이 가도 되죠?"

"당연히 괜찮습니다."

이게 뭐라고, 굳이 말릴 생각은 없었다.

서문영을 지금까지 본 결과, 그녀는 참으로 활동적인 아가씨였다.

몸을 가만히 내버려 두는 꼴을 못 봤다. 이렇게 쉴 때도 이리저리 쏘다니고, 저녁에도 마찬가지였다.

야영이면 식사 후 검을 들고 수련을 하러 갔다 오고, 객잔 같은 숙소에서 쉴 때도 현 이곳저곳을 꼭 둘러보다 왔다.

한번 물어본 적이 있었다. 원래 그렇게 이곳저곳 돌아다니는 걸 좋아하냐고. 서문영의 대답은 지극히 정상적이었다.

'상인은 부지런해야 한다고 배웠다 했지, 아마?'

누구한테 배웠는지는 물어볼 필요도 없었다. 뢰주 상단주인 그녀의 아버지한테 배웠을 것이다. 덕분에 조휘도 서문영의 호위 때문에 자주 움직여야 했지만 그거야 전부 보수에 포함된 일이니 불평불만을 가질 일은 아니었다.

그리고 사실 몸을 움직여주는 게 조휘에게도 도움이 됐다. 잊었던 일상을 눈으로 담을 수 있었으니까.

물론 자신의 일상이 아닌 지극히 평범한 이들의 일상이지만 그게 어딘가? 간접 경험도 조휘에겐 엄청 소중했다.

공터에서 좀 떨어져 주변을 둘러보는데 수풀 속에서 부스럭거리는 소리가 났다.

조휘는 잠시 멈춰 수풀을 바라봤다. 서문영도 그 소리에 순간 검에 손이 갔지만, 조휘가 손을 뻗어 만류했다.

"음?"

"......."

그러자 의문스러운 탄성과 표정으로 조휘를 올려다보는 서문영.

동그란 눈에 담긴 의문에 조휘는 그저 고개만 저었다. 좀 전의 부스럭거림은 누군가가 숨어서 움직였기 때문에 난 소리다. 하지만 이미 조휘는 걸으면서 봤다. 누런 옷감이 언뜻언뜻 보이는 걸 말이다.

풍신을 뻗어 수풀을 슥 눕혀내자, 그 뒤에 숨어 있던 아이들이 보였다.

"아!"

"걸렸다!"

"히잉! 어떡해? 도망가자, 오빠아!"

이제 열 살 정도로 보이는 남자아이 둘과 머리를 양 갈래로 땋은 귀여운 꼬마 숙녀였다. 도망가자란 꼬마 숙녀의 말에 가장 덩치가 큰 아이가 기다란 막대기를 조휘에게 척 겨넜다.

"너희들은 누구냐!"

그러면서 외친 그 말에,

"풉! 아하하하하!"

서문영이 웃음을 터뜨렸다. 너희들이 누구냐니? 아이가 쓸 단어는 아니었다. 아마 어디선가 주워들은 말 같았다.

그래서 어색했고, 그래서 귀여웠다. 한참을 웃은 서문영이 앞으로 나섰다. 당연히 검에서는 손을 뗀 상태였다. 대신 두 손은 바로 아이의 양 볼을 잡았다.

"으그그그!"

아이를 어르면서 볼을 양손으로 잡고 마구 흔드는 서문영.

아파여! 하는 아이의 발음 샌 말에도 서문영은 여전히 볼을 잡은 양손을 흔드는 건 멈추지 않았다. 우잉! 아이가 울음을 터뜨릴 기색을 보이자 손을 떼는 서문영.

"너희들, 여기 사니?"

"히잉……"

볼을 문지르면서도 아이는 고개를 끄덕였다. 그리고는 힐끔 수풀 너머를 바라봤다.

조휘와 서문영의 시선도 아이의 시선을 따라갔다.

과연, 황금빛 들판 너머 옹기종기 모여 있는 집이 보였다. 대충 가늠해 보았다. 한 스무 가구 정도 되는 작은 마을이었다.

서문영이 다시 아이들에게 시선을 돌리며 상체를 숙였다. 옷이 부스럭거리는 소리에 아이들의 시선이 서문영에게 달려들었다.

"저기 살아?"

"네!"

아이들이 입을 모아 합창하듯 대답했다. 조휘는 그 대답 소리에 저도 모르게 작게 미소 지었다.

순수함이 가득 느껴지는 목소리고, 표정이다. 때 묻지 않은 아이들의 순수는 보는 것 자체만으로도 마음을 정화시켜 주는 것 같았다.

서문영도 마찬가지인 듯, 환한 미소를 짓고 있었다.

얼굴에 땟국물이 묻어 있는 아이들. 서문영은 품에서 손수건을 꺼내 아이들에게 다가갔다. 그러자 한 걸음 뒤로 물러나는 아이들.

서문영은 바로 주춤거렸다.

"누나 나쁜 사람 아니다?"

"칼 차고 있잖아요!"

"칼? 아아, 누나 호신용으로 차는 거야, 이거!"

"거짓말! 칼 찬 사람들 되게 나쁜 사람들이라고 그랬어요!"

"누가?"

"형아랑 아빠가요!"

"그래?"

힝.

…하고 입술을 부풀리곤 다시 물러나는 서문영. 아이들이 이렇게 나오니 다가가기 겁난 것 같았다.

피식, 조휘는 그런 서문영의 행동에도 웃고, 아이들의 일관성 없는 행동과 대답에도 웃었다.

나쁜 사람이라고 알고 있으면서도 묻는 말에는 착실하게 대답해 준다. 그래놓고 또다시 경계한다. 그러니 웃음이 나오는 것이다.

울상이 된 서문영이 조휘를 바라봤다. 어떻게 해달라는 눈빛을 담고서.

그 눈빛에.

'이 아가씨는 내가 무슨 만능인지 아는 걸까?'

속으로 쓰게 웃으며 그리 생각했지만, 조휘도 아이들은 좋아한다. 아이들이 가진 순수함은 마음을 정화시켜 주기 때문이다. 그래서 조휘도 아이들의 미소가 더 보고 싶었다.

다시 속으로 이건 서문영이 도와달래서가 아닌, 아이들의 미소가 다시 보고 싶어서라고 스스로 자위하며 품에서 육포 조각을 꺼냈다.

사실 어떻게 아이들의 경계심을 풀어야 하는지는 잘 모른다. 하지만 아이들이 먹을 것에 약하다는 것 정도는 알고 있었다.

"먹을래?"

잘게 쪼갠 유포 세 조각을 꺼내자 아이들의 눈빛이 대번에 변했다. 하지만 바로 네! 하고 대답하진 못했다. 모르는 사람이 주는 음식은 먹지 말라는 부모의 말 때문이지만, 당연히 조휘는 모른다. 그래서 그냥 육포를 하나 더 꺼내 입에 넣고 질겅질겅 씹었다. 짭조름한 맛이 입안에 퍼졌다.

"음, 맛있다."

조휘가 혼잣말을 하듯 말하자, 아이들의 표정이 또 변한다. 갈댓잎보다 잘 흔들리는 동심이었다.

"먹을래?"

"으으……."

히잉.

가장 덩치 큰 아이와 다른 남자아이는 여전히 고민했지만, 여아는 결국 참지 못하고 손을 쭉 뻗어 육포를 하나 잡아 쏙 빼냈다.

"야! 아무거나 먹지 말랬잖아!"

"히잉! 그래도 먹고 싶다, 뭐!"

"이게! 빨리 돌려드려!"

"싫어!"

여아는 그대로 육포를 입에 넣고 수풀 너머로 달려갔다. 먹지 말라니까 돌려주기 싫어 도망치는 것이다. 아이들이다. 이런 모습이 너무 귀여웠다.

덩치 큰 아이는 바로 여아를 따라갔고, 다른 아이는 조휘의 손에 있는 나머지 육포를 쥐고 뒤따라 도망쳤다.

"아하하하! 너무 귀여워요!"

"동감입니다. 때 묻지 않은 동심이 너무 좋군요."

"저도요! 아아, 마음이 정화되는 느낌이에요! 저도 저랬을까요?"

"글쎄요. 아마 보통 아이라면 전부 저러지 않았을까요?"

"그랬었겠죠. 후후."

서문영은 저 멀리 아이들을 계속해서 바라보며 싱그러운 웃음을 지었다. 그리고 정말 시기 좋게도 황곽이 아가씨! 식사 준비 다 됐습니다! 하고 외치는 소리가 들렸다.

그 외침에 서문영도 네! 지금 갈게요! 하고 화답했다.

"돌아갈까요?"

"네."

왔던 길을 되짚어 다시 공터로 돌아온 조휘는 적당한 곳에 자리를 잡고 앉았다. 그러자 바로 진평이 조휘 몫의 식사를 가지고 왔다.

고맙다는 말과 함께 식사를 받은 조휘는 천천히 음식을 먹었다.

사실 이렇게 길에서 해결하는 끼니는 별것 없었다. 그냥 움직이기 위한 기력을 얻기 위해 먹는 거지, 그게 아니라면 웬만해서는 피하고 싶은 찬들이다.

오늘은 육포와 보리를 넣어 끓인 국이었다. 구수한 맛은 있지만, 역시 사절이다.

이건 퇴주 군영에서도 질리게 먹었으니까.

거의 마시다시피 식사를 끝낸 조휘. 진평이 바로 조휘의 식기를 치웠다. 조휘는 일어나 들판의 풀을 뜯고 있는 말에 다가갔다.

갈기를 쓸어주고, 어디 상처가 난 곳은 없는지 꼼꼼히 살폈다. 이 말이 다치면 걸어가야 한다. 체력은 자신이 있지만 그래도 걷는 건 사양이었다. 언제 일어날지 모르는 상황에 대비해 체력 비축은 필수였다.

굽에 가시가 박히거나, 독사에 물렸는지를 확인한 조휘는 다시 갈기를 쓰다듬다 한쪽으로 시선을 돌렸다.

부스럭, 부스럭.

조휘의 허리까지 올 정도로 자란 수풀을 헤치며 누군가가 오고 있었다. 조휘는 긴장하지 않았다.

"어?"

수풀을 나선 이가 조휘를 보고 놀라 탄성을 흘렸다. 아까 처음 육포를 빼내간 여아였다. 머리를 양 갈래를 묶은 여아가 조휘를 보며 눈을 동그랗게 뜨고 있었다.

조휘는 이 아이가 또 육포가 먹고 싶어 온 게 아닌가 생각했지만,

"아저씨, 아까… 그, 그 언니 있어요?"

틀렸다.

여아는 조휘가 아닌 서문영을 찾아왔다. 조휘가 서문영을 찾는 여아의 말에 자연스레 고개를 돌려 서문영을 바라봤다. 그러자 여아의 시선도 서문영에게로 향했다.

아! 있다아! 서문영을 발견하고 나온 그 외침에, 상단 일행의 시선이 전부 달려들었다. 그러자 앗! 하고 다시 수풀 속으로 숨는 여아. 서문영은 그런 여아를 발견하고는 바로 다가왔다.

서문영이 다가오자 여아가 다시 수풀 밖으로 고개만 빼꼼 내밀었다.

"어머!"

"……."

서문영의 탄성에도 여아는 빼꼼빼꼼 그녀를 바라보기만 했다. 척! 서문영은 손을 내밀었다. 그러자 여아는 조금 머뭇거리다가 그 손을 잡고 수풀 밖으로 나왔다.

아이가 나오자 그 앞에 쪼그리고 앉아 머리를 쓰다듬고는
물었다.

"언니 찾았어?"

"그… 네……."

아직도 머뭇거리고 있었다. 조휘는 여아가 서문영에게 뭔가
할 말이 있는 게 아닌가 싶었다. 서문영도 눈치가 없는 건 아
닌지 이 정도는 알아차렸다.

"언니한테 할 말 있니?"

"네……."

역시나.

"해 봐. 언니가 다 들어줄게!"

"진짜요?"

고개를 휙 들고 짙은 소망이 담긴 눈빛을 발사하는 여아
다.

아, 깨물어주고 싶을 만큼 귀엽고 예쁘다.

조휘와 서문영이 동시에 느낀 감정이었다.

"응, 진짜! 약속할까?"

"네!"

그렇게 민간에서 도는 약속 의식을 하고 나자 여아가 다시
입을 열었다.

"제 이름은 장옥이고요……. 저 뒤에 마을에 살고요…….

나이는 열 살이고요……."

그렇게 나온 아이의 자기소개. 성씨는 중원천지 널렸다는 장 씨 성에 이름은 옥이었다. 사는 곳이야 아까 알았고, 나이는 이제 열 살. 더 어릴 줄 알았는데, 조휘나 서문영의 생각이 틀렸다.

"그래, 옥이구나. 부탁이 뭐야?"

"저… 언니 아픈 사람 낫게 해주는 방법… 알아요?"

"아픈 사람? 아! 의술을 말하는 거구나?"

"네! 맞아요, 의, 의술이요!"

옥이는 의술이란 말에 깡충깡충 뛰었다.

그 단어에 이 정도로 반가움을 표출하고 있는 것이다.

조휘는 여기까지의 대화에서, 대략 사정을 이해했다. 홀로 찾아온 아이가 의술을 묻는다. 그렇다는 건 곧 집안이나 주변에 아픈 사람이 있는 것이다.

의술이라는 건 분명 어디선가 주워들었을 것이고, 서문영이나 조휘가 나쁜 사람처럼 보이진 않은 덕분에 앞뒤 안 재는 저돌성을 바탕으로 삼아 찾아온 게 분명해 보였다.

"그거, 언니도 할 줄 알아요?"

센 발음만큼이나 말에는 기대감이 강하게 어려 있었다.

"의술 말이야?"

"네!"

"음……."

잠시 고민하는 서문영. 그 고민하는 표정만 보고도 아이는 다시 울상이 되어갔다.

"응, 할 줄 아는데?"

아! 다시 나온 서문영의 말에 아이의 표정은 다시금 환하게 펴졌다. '환희'에 가까운 미소가 깃들어 있었다. 이렇게 좋아한다고? 조휘는 필히 저 아이가 의술을 베풀어 달라고 부탁할 사람이 가족일 거라는 생각을 했다.

그런 조휘의 생각은 딱 맞아떨어졌다.

"으앙! 저희 엄마랑 언니 좀 살려주세요! 네? 제발요! 으아아앙!"

엄마, 그리고 언니.

역시 옥이의 가족이었다.

옥이는 대성통곡을 했다. 땅바닥에 철퍽 주저앉아 발을 마구 차면서. 그렇게 울면서도 우리 엄마 살려주세요, 우리 언니 살려주세요, 란 말은 계속해서 꺼냈다.

귀가 찢어져라 우는 통에, 서문영은 당황스러워졌다. 발을 동동 구르면서 어떡하지? 어떻게 해요? 혼자 우왕좌왕했다.

옥이의 울음소리에 상단 사람들의 시선이 다시금 모였고, 황곽이 얼른 달려왔다.

"아가씨, 무슨 일이신지……."

"그게, 애가 갑자기 울어서… 어떻게 해야 할지…….
아……."

어째, 서문영이 더 심각해 보이는 조휘였다.

고막을 때리는 옥이의 울음에 조휘도 조금 괴로웠지만, 나
서지 않았다. 아니, 나서지 못했다는 게 맞았다. 아이를 달래
는 방법에 대해서는 아무것도 모르기 때문이었다.

하지만 다행히 황곽이 있었다.

번쩍!

아이를 안아 올린 황곽이 아이를 토닥이기 시작했다. 이제
열 살. 솔직히 이렇게 토닥거리기에는 많은 나이였지만 이 방
법은 효과가 있었다. 체온, 온기가 담긴 손길과 기분 좋은 흔
들거림에 옥이는 울음을 멈춰갔다.

우쭈쭈.

낯선 사람임이 분명한 황곽이 안았는데도, 옥이는 놀라거
나 하지 않았다. 오히려 조막만 한 손을 뻗어 황곽의 목을 둘
렀다.

아……! 연륜의 힘은 역시 대단했다. 여기에 조휘가 모르는
사실이 있었다. 황곽이 딸만 넷인 딸 부잣집의 가장이라는 것
을. 능숙하게 주변을 돌며 옥이를 달래는 황곽.

열댓 바퀴를 크게 돌고 나서는,

"우리 공주님 착하지? 자, 그만 뚝?"

"뚜욱……."

옥이를 진정시켰다.

아직은 훌쩍거림이 남아 있었지만 그래도 대답은 해주는 옥이였다. 그만큼 이성이 돌아왔다는 뜻.

"오……."

"……."

서문영은 그런 황곽의 모습에 탄성을 흘렸고, 조휘는 가볍게 고개만 끄덕이며 인정과 감사의 눈빛을 보냈다.

황곽이 우리 공주님, 이름이 무엇인고? 하고 묻자 옥이가 장옥이에요……. 하고 작게 대답했다.

"그럼 우리 옥이 공주님, 부탁이 무엇인고? 이 할아비한테 한 번 말해보려무나."

"우리 엄마… 언니 좀 살려주세요……. 흑! 흐으으……."

"어이쿠! 괜찮단다, 괜찮아."

황곽은 옥이가 다시금 울 조짐을 보이자 얼른 달래기 시작했다. 그러면서도 시선은 서문영을 향했다. 묻는 것이다. 어떻게 할 거냐고. 서문영은 황곽의 시선을 받고, 이번에도 조휘를 바라봤다. 아주 버릇이 됐다. 뭔가 선택할 순간이 오면 조휘를 바라보는 게.

"선택은 아가씨가 하실 일입니다."

"아……."

조휘의 냉정하다 싶은 말에 서문영이 탄성을 흘리고는 생각
에 잠겼다. 도와줄 건지, 아니면 무시할 건지. 선택지는 이 두
가지가 전부다.

각각의 선택에서 파생되는 또 다른 선택지들이 있겠지만 지
금 당장은 이 두 가지가 전부였다. 서문영의 고민은 길지 않았
다.

"가보죠. 진 호위님은 연 의원님을 모셔와 주세요."

"알겠습니다."

아까 서문영은 의술을 안다고 했다. 그 답은 자신이 할 줄
안다는 뜻으로 한 게 아니고, 의술을 하는 사람을 안다는 의
미로 한 것이었다.

작은 것 같지만 그래도 수십의 인원이 함께하는 상단이다.
당연히 병자가 나올 때를 대비해 의원을 대동했다.

그 의원의 이름은 연운(延運)으로 나이는 스물다섯이었다.

의원으로 따지면 너무 젊어 실력은 아직 뛰어나지는 않으
나, 그래도 제대로 배우긴 배워 웬만한 병은 전부 처방할 줄
아는 의원이었다.

조휘는 바로 연운에게 가 사정을 설명하고, 대동해 줄 것을
요청했다. 연운은 흔쾌히 수락하고 의료 도구를 챙겼다.

그가 도구를 챙기는 사이 조휘는 호위들에게 다시금 대기

를 부탁하고, 연운과 함께 먼저 가기 시작한 서문영과 황곽을 따랐다.

논길을 따라 일각 정도를 걸으니 마을의 전경이 한눈에 담기기 시작했다.

마을 입구에서 기다리고 있는 서문영. 그리고 서문영의 손과 황곽의 손을 꼭 잡고 있는 장옥.

조휘가 도착하자 장옥이 두 사람을 보채 앞장서기 시작했다.

마을을 정말 별 볼 일 없었다. 엉성한 초가집이 대다수고, 마을은 휑하다 싶을 정도로 사람이 없었다. 삼삼오오 뭉쳐서 노는 아이들이 전부였다.

마을의 아이들 같았다. 그 아이들은 약간의 경계와 호기심이 섞인 눈으로 조휘의 일행을 바라봤다. 장옥의 집은 가장 끝에 있었다.

초라한 싸리문을 열고 안으로 들어가는 장옥.

"여, 여기예요……."

장옥의 기어 들어가는 목소리. 조휘는 집 안을 한번 둘러봤다. 특별한 건 없었다. 예전에 조휘가 살던 집과 다를 게 별로 없는 아주 평범한 집이었다.

그럼에도 조휘의 입에서는…

"멋진 집이구나."

칭찬이 나왔다.

조휘에게 이 정도면 아주 훌륭하다. 다 쓰러져가는 막사에서 생활했었으니까. 그리고 그전에 살던 집과 비교해도 될 정도였으니까.

"헤헤. 아! 여기! 여기예요!"

장옥이 한쪽으로 쪼르르 달려갔다.

안방으로 보이는 곳으로 달려간 장옥이 발을 동동 구르며 손짓으로 일행을 불렀다. 가장 먼저 조휘가 움직였다.

성큼성큼 걸어 앞으로 다가간 조휘는 목을 가다듬고는,

"실례합니다."

가볍게 기별을 넣었다.

그러나 들려오는 대답이 없었다.

"실례합니다."

좀 더 크게 기별을 넣었음에도 대답은 들려오지 않았다. 조휘는 다시 한 번 말을 할까 하다가 서문영을 바라봤다.

"이 문을 열면 이제 책임이 생깁니다."

"아……."

"도움에도 책임이 뒤따르는 법입니다."

뒤늦은 말이지만, 이 말은 꼭 해야만 했다.

안으로 들어가서 이 집안 사정에 개입하는 순간, 해결할 수 없다고 무책임하게 빠질 수 없는 것이다.

그게 조휘의 생각이었고,

"알고 있어요."

다부진 대답.

서문영에게는 그게 협(俠)이었다.

그녀의 대답에 고개를 끄덕인 조휘는 문고리를 잡았다.

"실례하겠습니다."

다시 한 번 기별을 넣고 문을 여는 조휘.

문을 열자마자 퀴퀴한 냄새가 코로 훅 들어왔다. 그에 눈살이 확 찌푸려지는 조휘. 바로 문을 활짝 열었다. 그러자 방 안의 어둠이 빛에 밀려 사라져 갔다.

"……."

"아……."

방 안을 본 조휘는 침묵했고, 어느새 옆으로 다가온 서문영은 가느다랗게 떨리는 신음을 흘렸다.

두 사람이 죽은 듯이 누워 있었다. 머리맡이 아직 어둠에 잠겨 있었지만 조휘는 볼 수 있었다. 처참한 폭력이 훑고 지나간 두 사람의 얼굴을.

꾸욱.

주먹에 절로 힘이 들어갔다.

"엄마! 언니야!"

옥이가 조휘와 서문영의 틈을 비집고 방 안으로 쪼르르 들어갔다. 그리고 바로 옥이의 엄마라 예상되는 여인의 옆으로 가 손을 잡고 또 울음을 터뜨리기 시작했다.

"두 분, 잠시만."

"아, 들어가십시오."

"미안해요……"

연운의 말에 조휘는 바로 비켜섰다. 자신이 여기서 길을 막고 서 있을 이유가 하나도 없었다. 그건 서문영도 마찬가지.

"아닙니다. 그럼 실례하겠습니다."

연운이 작게 인사하고 안으로 들어갔다. 그리고 바로 보자기를 풀어 안에서 호롱 두 개를 꺼내 불을 밝혔다.

누워 있는 두 사람의 주변으로 하나씩. 남아 있던 어둠은 그 순간 모두 물러가 버렸다. 이후 바로 두 사람의 숨부터 확인하는 연운. 잠시 후 고개를 끄덕이는 걸 보니 아직 숨은 붙어 있는 것 같았다.

"아… 어떡해……"

서문영이 입을 손으로 꾹 막으며 신음을 흘렸다.

처참했다. 얼굴이 피멍으로 범벅이었다.

눈두덩이는 아예 탱탱 불어서 눈 아래까지 덮고 있었다. 얼굴이 이렇다. 그럼 다른 곳은? 이건 볼 것도 없었다.

조휘는 가슴이 서늘하게 식는 걸 느꼈다. 뭘까, 저 두 사람이 이렇게 된 원인이.

가장의 폭력? 아닐 것 같았다. 옥이는 그런 말을 하지 않았다. 가장이었다면 집에 올 때 불안감을 보여야 했다. 폭력을 쓴 게 가장이라면 그건 당연한 수순이다.

하지만 옥이는 아무런 거리낌 없이 집으로 왔다. 엄마와 언니가 보고 싶어서? 그 감정이 폭력을 이겨냈을까? 조휘는 아닐 거라고 봤다.

'아직 옥이는 본능으로 움직이는 아이다.'

그럼 그 본능이, 집 안의 폭군에 대한 거부감을 일으켜야 했다. 폭력이 일어나는 장소에 대해서도 마찬가지.

전투에 나서면 벌벌 떠는 녀석들이 꼭 있다. 이동을 하려면 배에 타야 하는데, 배에 타기만 해도 벌벌 떠는 녀석도 있다.

본능 때문이었다. 본능은 정직하다. 그 무엇보다도 더. 조휘의 눈이 싸늘해지는 사이 연운이 언니로 보이는 여인의 팔을 조심스레 잡아 옷을 걷어봤다.

"음……."

이번엔 연운의 신음이었다.

팔에도 멍이 가득이었다.

정말 한가득. 평범한 피부색은 간간이 보였다.

이런 상황이라면 옷을 벗겨볼 필요도 없었다. 팔도 이렇다면, 전신 자체는 어떨지 너무나 쉽게 예상이 갔다.

연운은 언니 말고도 엄마로 보이는 여인에게도 다가가 조심스럽게 팔을 확인했다. 똑같았다. 다음은 조심스럽게 배꼽에서부터 가슴까지 겉옷을 들어 올렸다.

역시… 마찬가지다.

팔보다 심하면 심했지, 절대 덜하지 않았다. 다음은 발가락, 종아리, 허벅지 순으로 확인하는 연운.

아무리 연운이 조심스럽게 움직인다지만, 신음 한 번 흘리지 않고 있었다. 그저 인상이 미미하게 찌푸려지거나, 움찔거리는 반응만 있을 뿐이었다. 아예 의식이 없다는 소리였다.

두 사람의 외관에, 조휘는 한 사람의 얼굴이 머릿속에 투영됐다.

돌아가신 어머니.

적가의 총관이 명령한 고된 매질에 엉망이 되어 일주일을 못 버티고 돌아가신 어머니.

그런 어머니의 모습이 떠오른다.

꾸욱.

우득!

그래서 쥔 주먹에 힘이 들어가고, 바르르 떨리기 시작했다. 찾아온 것이다. 가장 기피해야 할 마(魔)가.

"후우."

극히 조심스럽게 움직여 심력을 상당히 소모한 연운이 일단 외관상의 진찰을 마치고 한숨을 푹 내쉬었다.

이후 서문영과 황곽, 그리고 조휘를 차례대로 보는 연운.

"상당히 안 좋습니다."

안다, 그 정도야.

딱 봐도 숨이 넘어가기 직전처럼 보인다.

뭐라 말을 하려는 서문영, 그러나 서문영보다 먼저 터져 나온 외침이 있었다.

"네 이놈들!"

그 외침이 끝나기 전에 조휘는 이미 돌아서서 도를 잡아가고 있었다. 지독한 폭력이 훑고 간 옥이의 엄마와 언니를 본 이후라, 조휘의 눈에는 정말 오랜만에 타격대에서나 보여주던 폭력성이 담기기 시작했다.

제6장
옛, 심마(蕁麻)

번들거리는 눈빛.

평소의 조휘가 보여주던 눈빛이 아니었다. 주박채를 썰 때도, 관도에서 만난 마적들을 썰어버릴 때도 이런 눈빛은 보여주지 않았었다.

그런 조휘가 지금, 번들거리는 살심이 담긴 눈빛을 하고야 말았다.

이건 작정한 거다.

때에 따라서는, 뢰주 수군 타격대의 마도(魔刀)의 모습이 어떤 것인가를 뼈저리게 보여주겠다고.

흠칫.

서문영은 조휘에게서 느껴지는 살벌한 기세에 저도 모르게 한 걸음 물러서고 말았다. 그응, 그러거나 말거나, 조휘는 도를 살짝 뽑아냈다. 그리고 소리친 이들을 싸늘한 눈으로 노려봤다.

낫, 호미, 도리깨, 곡괭이 등 농기구들을 들고 서 있는 이들. 얼굴은 햇볕에 검게 타 있고, 옷에는 흙이 잔뜩 묻어 있었다. 막 일을 하다 온 것처럼.

그래, 마을 사람들이었다. 나이 대는 이십 대부터, 육십 대까지 다양했다.

인원은 총 스무 명 정도. 조휘의 눈이 슥 그들을 훑고 지나갔다.

"고얀 놈들! 또 한 번 장가네에 행패를 부리면 오늘 네놈들도 죽고 우리도 죽는 게야! 썩 물러가거라, 이놈들!"

가장 앞에 선 육십 대의 노인이 카랑카랑 목소리로 외쳤다. 흰 수염이 바르르 떨리고 있고, 팔다리도 부르르 떨리고 있었다.

겁을 먹고 있거나, 아니면 흥분하고 있는 게 분명했다. 그러나 그건 조휘에겐 중요하지 않았다. 지금 조휘에게 중요한 건 이들이 저 모녀를 구타한 장본인인가, 아닌가. 이것밖에 없었다.

"아이고! 아닙니다! 저희들은 이상한 사람이 아닙니다!"

황곽이 바로 나섰다. 그도 조휘의 변한 기세를 바로 옆에서 느꼈다. 서문영이 본능으로 알아차렸다면, 황곽은 경험으로 알아차렸다.

지금 자신은 물론 서문영도 봤던 참혹한 구타의 흔적이 조휘에게 어떤 작용을 했고, 그 때문에 지금처럼 살벌한 기세를 내뿜기 시작했다는 것을. 또한 지금 안 말리면 처참한 일이 벌어질 것이라는 것도 경험으로 알아차렸다.

"아니긴 뭐가 아니야! 이놈들! 썩 물러가! 며칠 전에 그리 난동을 부리고도 또 찾아오다니! 하늘이 무섭지도 않더냐!"

쩌렁!

노인의 목소리는 마당을 가득 메우는 것은 물론이고, 방 안까지도 아주 잘 들려왔다. 그 큰 소리에 옥이가 놀라 으앙! 으아앙! 울음을 터뜨렸다. 그에 서문영이 흠칫 놀랐다가, 얼른 방 안으로 들어가 옥이를 안았다. 황곽은 여전히 조휘의 앞을 막고 있었다.

"아닙니다. 아이고, 저희는 지나가던 상단 일행입니다. 왜, 보시지 않았습니까? 저 앞 공터에서 쉬고 있는 상단 말입니다!"

"헛소리 말어! 내 한두 번 속나! 네놈들의 그 시꺼먼 거짓말에! 장가가 없는 틈을 타 항상 이렇게 찾아와 소란을 피우던

게 어디 한두 번이었더냐!"

"아이고! 정말 아닙니다! 저희는 지나가던 상단이 맞습니다! 옥이가 어머니와 언니가 아프다고 해서 상단의 의원을 데리고 와 도움을 주려던 참입니다!"

"거짓말 그만혀!"

노인과 마을 사람들은 여전히 흉흉한 기세를 피워대고 있었다.

마을의 남자들을 이끄는 노인은 여전히 눈에 적의를 가득 담고 황곽의 말을 믿지 않고 있었으나 조휘는 그 대화에서 많은 것을 유추해 낼 수 있었다.

일단 조금 뽑아냈던 도는 다시 밀어 넣었다. 그응, 탁. 도가 들어가는 소리에 마을 사람들의 시선이 황곽에게서 떨어져 조휘에게 전부 날아들었다.

조휘는 그 시선을 받으며 마루에서 마당으로 내려섰다.

마당으로 내려서서는 아직 폭력성이 다 빠지지 않은 눈길로 다시 한 번 마을 사람들을 훑었다. 마을 사람들은 조휘의 시선을 받고는 움찔거리며 한 걸음씩 뒤로 물러났다. 전장을 경험해 본 적이 없는 이들이, 전장을 수없이 구른 이의 눈빛을 감당할 수 없는 건 당연한 일이었다.

조휘의 지금 이러한 행동은 일정 부분 의도되기도 했다.

끓어오르던 분노, 감정을 건드리던 옛 기억도 어느 정도 눌러 놓은 조휘다.

이들이 범인이 아닐 것 같다고 해서 차분하던 조휘로 돌아
간 건 절대 아니었다. 그냥 참고 있는 거다.

"누구야."

그래서 툭 내던진 말에는 아직도 서늘함이 가득했다.

"누구고 자시고 썩 꺼져라, 이놈들아! 당장 저 방에 있는 것
들도 데리고 지금 당장!"

오직 물러서지 않은 맨 앞의 노인만 조휘의 말에 반응해 역
정을 쏟아냈다. 말이 통하질 않는다.

오해가 있으면 그걸 풀면 되는데 서로가 적의를 내보이고
있는 상황이다.

"아이고, 진 호위! 일단 물러서게. 내가 알아서 잘 얘기하겠
네!"

"……."

조휘는 황곽의 말에 후우, 짧게 한숨을 내쉬고는 뒤로 물러
났다. 하지만 눈빛을 거두지는 않았다.

황곽은 조휘가 물러나자 다시 신형을 돌려 마을 사람들에
게로 향했다.

"이게 상단패입니다. 저희는 광동성 뢰주에서 온 상단으로
이 길을 지나고 있었을 뿐입니다. 절대 여러분들이 생각하는
이상한 사람들이 아니니 그 무기들을 치워주십시오!"

"흥!"

휙!

노인이 황곽의 손에 들린 상단패를 낚아챘다.

솔직히 그 정도 손짓에 뺏길 황곽이 아니지만 일부러 가만히 있었다. 지금은 오해를 푸는 게 먼저라는 마음에서 나온 행동이다.

그런 모습을 보며 조휘는 왜 다른 실력 좋은 수하들을 두고 뢰주 상단주 서윤걸이 황곽을 보냈는지 이해가 갔다.

바로 이런 모습 때문이다. 힘이 있다고 겉으로 드러내지 않는다. 오해가 있으면 피를 안 보는 선에서 끝내려고 노력한다.

노인은 정작 패를 뺏어갔지만, 인상만 쓸 뿐이었다. 그러다가 손을 들어 앞으로 휙휙 저었다. 그러나 앞으로 나오는 이는 아무도 없었다. 아무도 없으니 노인이 뒤를 돌아보고는, 한숨을 푹 내쉬었다.

딱 봐도 알겠다.

까막눈인 거다. 글을 모르는 까막눈.

하지만 그게 이상한 일은 아니었다. 솔직히 조휘도 이름을 포함한 천자문의 반 정도만 뗐지, 그 외는 거의 몰랐다. 요즘 세상에 까막눈은 그리 이상한 일도 아니었다. 하물며 농촌이다. 글을 제대로 배운 이가 있다는 게 오히려 신기했다.

"저… 딸아이가 어제 집에 왔는디요……."

순박하게 생긴 장정 하나가 그리 말하자, 갑자기 오! 하고 전부 탄성을 흘렸다. 노인이 바로 불러오라고 하자 그 말을 했던 장정이 등을 돌려 마당을 달려 나갔다. 노인은 다시 앞을 돌아봤다.

아직도 눈빛은 곱지가 않았다.

"안에 있는 놈들, 어서 나오라고 해!"

"아이고, 어르신! 안에 의원이 있습니다. 지금 환자를 보고 있으니 좀 참아주십시오! 보지 않으셨습니까? 두 사람 다 얼른 치료받지 않으면 큰일 납니다!"

"어허! 어서 나오게 하래도!"

"어르신!"

"그래도 이놈이!"

노인이 앞으로 곡괭이를 치켜들며 나섰다. 불청객을 반기지 않는 모습이야 이해한다. 충분하다 못해 넘치도록 이해한다.

하지만 지금은 그 이해가 인정으로 이어지지 않았다.

말 대신 앞으로 나서는 조휘.

"치료 중이다. 두 사람을 죽이고 싶으면 의원을 나오라고 하지."

"뭐야!"

"치료 중이라 했다!"

"윽!"

쩌렁쩌렁 울린 조휘의 외침. 그에 노인이 한 걸음 물러났다. 하지만 눈빛에 적의는 좀 더 깊어졌다. 덩달아 마을 사람들도 전부.

하지만 조휘는 피해줄 생각이 없었다. 연운을 나오라고 한다고? 의술에 조예가 그리 깊지는 않았지만 전장을 구르고 굴렀기에 알 수 있는 건 있었다.

지금 두 모녀는 정말 죽기 일보 직전이라고 보는 게 옳았다.

아예 의식조차 없다.

이게 무엇을 뜻하냐고 묻는다면, 저대로 숨이 뚝 끊어져도 하등 이상할 게 없는 상황이라고 대답할 것이다. 농담이 아니라 진짜 그렇다. 그리고 그걸 어떻게 뒷받침하느냐 다시 묻는다면, 조휘는 말할 수 있었다.

우리 어머님이⋯ 저렇게 돌아가셨다고.

그래서 조휘는 비킬 수 없었다.

연운의 실력이 어느 정도인지는 모르지만 할 수 있는 처치를 모두 하게 시간을 주고 싶었다.

그렇게 해서 살 수 있다면 이곳에 대병력이 오더라도 틀어막고 있을 생각이었다.

왜 이렇게 지독하냐고 묻는다면 그에 대해 답할 수 있는 것도 하나 있다. 두 번 다신 저렇게 죽어가는 여인을, 어머니란 이름을 가진 존재를 보고 싶지 않기 때문이다.

대치는 한참 동안이나 이어졌다.

조휘는 비키지 않았고, 노인은 눈을 부릅뜨고 조휘를 노려봤다. 황곽은 일촉즉발의 순간이 되면 어느 한쪽이라도 말리려고 준비하고 있었다.

일각 정도 지났을까? 집을 나갔던 순박한 장정이 서문영 또래의 여인을 데리고 헐레벌떡 달려왔다.

숨도 제대로 고르지 못하고 노인의 손에서 상단패를 받아 든 여인이,

"어? 뢰주 상단?"

고개를 휙 들어 두리번거리다 황곽에게서 시선이 뚝 멎었다.

황곽의 눈도 훅 떠졌다.

"장 서기?"

"황 부총관님이세요?"

"오오!"

황곽이 눈에 반가움을 머금고 새로이 등장한 여인에게 다가갔다.

나이는 이제 고작 서문영과 동갑으로 보이는 여인이다. 체

격은 서문영보다 훨씬 왜소했다. 겨우 오척(五尺)도 넘지 않아 보였다. 그리고 시골 출신이란 걸 증명하듯이 순박하게 생긴 얼굴이 특징이라면 특징이었다,

하지만 황곽을 보고 미소 지을 때 들어가는 보조개는 정말 예뻐 보이는 여인이었다.

성은 장씨.

역시 중원 천지 가장 흔한 성씨였다.

"여기가 장 서기의 고향이었나?"

"네! 마침 휴가를 받아 어제 집에 왔지 뭐예요? 음… 아차! 악 할아버지! 이분 일행 상단 맞으세요! 저희 복주 상단과도 몇 번이나 거래를 했는걸요?"

여인이 노인에게 그리 말하자, 노인이 크흠, 하고 헛기침을 하더니 다시 상단패를 빼앗듯이 집어 황곽에게 휙 내밀었다.

똥고집하고는.

늙으며 생긴다는 꼬장이 분명하다.

"이제 오해가 풀렸습니까?"

"크흠! 그럼 안에 있는 이들은 정말 의원인가?"

"그렇습니다. 상행에 동행하는 의원과 이번 상행의 책임자인 저희 뢰주 상단주님의 따님이 안에 계십니다."

"크흠! 그렇군, 크흠!"

할 말이 없는지 계속 크흠, 크흠, 하다가 뭔가 생각났는지 조휘에게 시선을 휙 던졌다.

그러더니 대뜸 삿대질을 했다.

"저놈은?"

"하하, 이번에만 저희가 호위를 부탁한 사람입니다."

황곽은 기분 나쁠 만한데도 여유롭게 노인을 상대했다. 무인을 상대할 때보다 이런 민초들을 상대할 때 황곽의 진면목이 나오는 것 같았다.

"크흠! 믿을 수 있는 이인가?"

"아이고, 그렇고말고요. 저희 상단에 합류하기 전에 군역을 마친 병사인데 뢰주는 물론 광주에 이르기까지 저 사람의 도움을 받지 않은 마을이 없습니다. 하하! 왜구로부터 백성들을 지키는 데 정말 큰 힘을 보탠 역전의 용사입니다. 하하!"

황곽은 자연스럽게 조휘의 위명과 출신을 알렸다.

"저 친구가 아직 군문의 물이 빠지지 않아 예민한 것뿐이니 어르신이 이해해 주십시오. 만약 무슨 일이 생긴다면 저희 뢰주 상단에서 전부 책임지겠습니다. 하하하!"

더불어 조휘의 예민함을 알아서 해명해 줬다.

물론 조휘가 보인 모습은 타격대에서 물든 게 아니었지만 조휘는 굳이 그런 게 아니라고 변명하지 않았다.

조휘는 마도(魔刀)의 별호를 얻은 자이지만, 그렇다고 피에 미친 마귀(魔鬼)는 아니었다. 죄 없는 일반 백성의 목을 치는 흉신악살(凶神惡煞)은 더더욱 아니었고 말이다.

풍신에 대고 있던 손을 뗀 조휘는 한 걸음 물러났다. 물론 눈빛은 아직 풀리지 않았다. 모녀의 몸에 아로새겨진 흉터들로 인해 올라온 심마는 아직까지 조휘의 뇌리 절반을 차지하고 있었다.

다만, 참을 뿐이다.

그 정도의 수양은 쌓은 조휘였다.

"안은 지금 치료 중입니다."

그러나 딱 거기까지다.

안으로 이들을 들일 수도, 그렇다고 연운을 밖으로 나오게 할 수도 없었다.

만약 이렇게까지 오해가 풀렸는데도 악 노인이 떼를 쓴다면, 그땐 조휘도 손을 쓸 생각이었다. 물론 손을 쓰는 정도는 목을 치는 게 아닌, 항거 불능의 상태에 이르게끔 몰아치는 것이다.

다행히도 악 노인에게도 생각이 있긴 했는지, 더 이상 조휘에게 뭐라고 하지 않았다. 다만 활짝 열린 안방을 굳은 얼굴로 바라볼 뿐이었다.

이들 또한 걱정하고 있다.

조금 떨어진 곳에서는 황곽과 그가 장 서기라 부른 여인이 대화를 나누고 있었다. 고개를 끄덕이며 잠시 대화를 나누다가 조휘에게 다가왔다. 그러고는 조용한 목소리로 상황을 설명해 줬다.

"이 집이 고리대금을 하는 놈들한테 사기를 당한 모양이야. 그리고 그 돈을 갚으라고 몇 번 와서 행패를 부렸는데, 안 주고 버티니까 며칠 전에 사람들이 전부 일을 나간 사이에 들이닥쳐 저렇게 만들어 놓고 갔다고 하네."

"……."

"옥이의 언니가 평소에도 몸이 안 좋았다고 하네. 그래서 그날도 일을 나가지 못하고 같이 있다가 변을 당한 모양일세. 여기 있는 이들은 전부 마을 밖에서 일을 해 저녁에 돌아와 알게 된 모양이고."

"그렇… 습니까."

말이 한 번 뚝 끊겼다가 나왔다.

조휘는 훅 치고 올라오는 화를 다시금 찍어 눌렀다.

여기서는 아니다. 여기서 끊겼다가는 무슨 일이 벌어질지 장담할 수가 없었다. 아니, 사실 알고 있었다. 그렇기 때문에 억지로 참고 있었다.

황곽이 조휘의 눈치를 보다가 다시금 입을 열었다.

"그리고 그날 이 집 가장이랑 장남이 그놈들을 찾아간 모양이야. 이후 아직까지 소식은 없고."

"알겠습니다."

오해는 풀렸다.

조휘가 좀 차분해진 얼굴로 고개를 끄덕이며 대답하자 황곽은 한숨 돌렸다는 표정으로 다시 장 서기라 불렸던 여인에게 갔다.

황곽이 돌아가자 조휘는 마을 사람들을 향해 시선을 돌렸다. 저마다 걱정하는 표정이 역력하다. 마을이 크지 않아서 끈끈한 유대감이 있는 것 같았다. 지금도 마찬가지.

목숨을 내놓고 버텼던 것이다.

"후우……."

가슴속 깊은 곳에서 한숨이 흘러나왔다. 한숨이 나오자 어느 정도 마음이 가라앉기 시작했다. 모녀로 인해 들끓기 시작한 심마가 서서히 그 활동을 정지하고 있는 탓이다. 심마가 가라앉자 상황을 살펴보는 냉정함이 다시금 움직였다.

'후우.'

시작부터 또 한숨이었다.

너무 끓어올랐다. 전투 중이었다면 목이 날아가도 할 말이 없는 일이었다. 왜 이랬을까, 왜?

이유야 당연히 여러 번 말했듯이, 돌아가신 어머니 때문이었다.

꾸우욱.

두 분만 생각하면 아주… 활화산 같은 분노가 끓어올랐
다.

억울한 죽음. 두 분은 너무나 억울하게 돌아가셨다. 아버
지는 술 취한 적가의 장남에게 몸을 부딪쳤단 이유로, 어머니
는 그 억울함에 적가에 찾아가 따졌다는 이유로, 그리고 자
신은 두 분의 죽음에 분노하여 장남의 머리통을 후려쳤단 이
유로.

정말 얼마나 억울한가.

세상천지 사연 없는 이가 얼마나 되겠냐는 말이 있긴 하지
만, 그건 남의 일이라 조휘에겐 전혀 와 닿지 않았다.

원래 내가 당한 억울함보다 더 심한 억울함은 본디 찾아보
기 힘든 법이니 말이다.

이후 꽤나 오랜 시간이 지났다.

이각? 아니, 그 이상 지나고 나서야 연운이 방 밖으로 나왔
다. 연운의 전신은 땀으로 흠뻑 젖어 있었다.

극도의 긴장, 집중으로 인한 지독한 심력소모가 이어진 탓
이었다. 그러나 연운의 눈빛은 맑았다. 신념 어린 힘도 느껴졌
다.

잠깐 장내를 둘러본 그가 조용히 입을 열었다.

"고비는 겨우 넘겼습니다."

그 말은 비였다.

단비.

"후우……."

조휘의 한숨을 시작으로 여기저기서 안도의 한숨이 줄줄이 흘러나왔다. 악 노인이 연운에게 급히 다가갔다.

"정말 괜찮은가?"

"네, 겨우 고비는 넘겼습니다."

"아아… 고맙네, 정말 고마워……."

악 노인은 두 번이나 듣고 나서야 안도의 한숨을 흘렸다.

피가 섞였나? 그건 잘 모르겠다. 그럴 가능성도 있고, 아닐 가능성도 있지만 상관없었다. 저렇게 걱정해 주는 것 자체로도 좋게 보였으니까. 악 노인에 대한 평가가 조금 수정되는 순간이었다.

"하지만."

연운의 말은 끝나지 않았다. 그 말이 떨어지는 순간 안도의 한숨을 내쉬던 모든 이들의 시선이 연운에게 다시 모여들었다.

"회생을 장담할 수는 없는 상황입니다."

쿵!

큼지막한 바위가 장내에 뚝 떨어졌다. 회생이란 단어, 나이가 어느 정도만 차도 알아먹는 단어다.

회(回). 돌 회 자에,

생(生). 날생 자다.

다시 돌아온다는 의미다. 이 상황에서 쓴다면, 모녀가 다시 금 일어설지, 아니면 그대로일지, 아니면 다시금 죽음의 문턱을 넘으려 할지 장담할 수 없다는 뜻이다.

"그, 그게 무슨 말인가! 좀 전에는 고비는 넘겼다고 하지 않았나!"

악 노인이 눈을 부릅뜨고 따지고 들었다. 그러나 연운은 그런 악 노인의 따짐에도 평정심을 잃지 않았다.

의원의 기본은 부동의 평정심이라고 어디선가 들은 것 같다. 침을 놓을 때 한 치라도 삐끗하면 환자는 돌아올 수 없는 곳으로 떠날 수도 있으니 말이다.

"손을 쓰지 않았으면 아마 이틀 내로 두 분 모두 죽었을 겁니다. 그 시기가 빠르다면 내일 해가 뜨기 전일 수도 있습니다. 고비를 넘겼다는 말은 이틀 내로 죽을 일을 좀 더 늦추어 놓았다는 뜻입니다."

"그, 그럴 수가……."

"죄송합니다. 현재로서는 이게 한계입니다."

연운의 자비심 없는 말에 악 노인은 비틀거렸다.

아, 아이고… 아이고! 아이고! 어쩌나! 우리 명이 어떡하나! 하며 주저앉아 통곡을 했다.

조휘는 연운이 심하다 생각하지 않았다. 환자의 정확한 상태를 숨기지 않고 알리는 것도 의원의 기본이라고 평정심 얘기와 함께 들은 기억이 났으니까.

연운의 시선이 주변을 훑다가 조휘를 발견하고는 바로 다가왔다.

"후우……."

앞에 서자마자 고개가 살짝 숙여지며 나오는 한숨. 그러나 그것도 잠깐이다. 다시 고개를 들고는 조휘를 똑바로 바라봤다.

"감사합니다. 진 호위님께서 막아주신 덕에 안심하고 치료에 전념할 수 있었습니다."

그러며 고개를 숙이고 예를 표한다. 난감하다. 이런 예는 부담스러웠다. 조휘는 연운의 어깨를 잡아 바로 세웠다.

"아닙니다. 내 마음이 편하자고 한 일이니 신경 쓰지 마십시오. 하나 물어보겠습니다."

"말씀하십시오."

"아예 가망이 없습니까?"

"음… 그건 아닙니다."

"있습니까?"

"네, 다만 필요한 게 많습니다."

"필요한 거라면?"

"당연히 탕약과 외상약을 만들 약재들입니다. 일단 상행에 쓰려고 가지고 온 외상약은 거의 다 썼습니다. 두 분의 몸에 난 환부가 거의 전신에 퍼져 있습니다. 그래서 그만큼 많이 쓸 수밖에 없었습니다. 저렇게 곯아버린 상처들은 째서 피를 뽑아주고, 다시 약을 발라주기를 반복해야 합니다. 지금은 아직 환부의 삼분지 일도 째지 못했습니다. 심한 곳만 째고 고름을 빼낸 상태입니다. 약이 없어요, 약이. 후우……."

긴 말을 끝맺으며 한숨을 내쉬는 연운. 그러나 조휘는 그 한숨에 동조하지 않았다. 오히려 눈을 빛낼 뿐이었다.

"약재를 구해오면 저 모녀가 회생할 가능성은 얼마나 올라갑니까?"

"음?"

"말해주십시오. 얼마나 올라갑니까?"

조휘의 눈빛은 강렬했다.

하지만 불은 아니고, 차가운 북해의 얼음을 담은 강렬함이었다.

끓어오르지만, 그 불을 얼음으로 식혀 버리고 있는 상황. 감성을 이성으로 찍어 누르고 있단 소리였다.

"……."

연운은 그런 기백에 눌려 제대로 말을 못 했지만, 잠시 후 정신을 차리고는 바로 대답했다.

"제가 적어드린 것만 전부 구해다 주신다면, 칠 할입니다."

그 대답에 조휘의 시선이 즉각 서문영에게 향했다.

개입을 했으면 끝까지 책임을 져야 한다고 서문영에게 했던 말. 그건 조휘 스스로에게도 한 말이었다.

제7장
마도(魔刀)의 방식

복건성(福建省)의 도성(都城), 복주(福州).

현재 조휘가 있는 곳이었다. 조휘는 연운의 말을 듣고 바로 서문영에게 얘기를 했다. 갔다 오겠다고.

돈이라면 있다. 약재 값은 조휘가 주박채를 털어 챙긴 재물과 중간에 마적을 썰고 챙긴 전리품, 마을 사람들이 십시일반 모아준 돈으로 충분하다.

연운에게 물어보니 조휘가 가지고 있는 돈으로 충분히 살 수 있는 약재들이었다.

생면부지 모녀에게 돈을 쓰는 게 아깝지 않느냐고? 그렇게 생각할 수도 있다. 하지만 조휘에겐 일단 재물 욕이 없었다. 그리고 말했듯이 개입한 순간부터 끝까지 책임지기로 작정했다.

하나 더 있다. 마을 사람들이 모아준 것만으로도 약재의 반을 감당할 수 있었다. 실제 조휘의 돈은 얼마 나가지도 않았다. 이건 연운이 부탁한 약재가 전부 고급은 아니기에 가능한 일이었다.

그렇게 조휘는 복주로 밤새 말을 달려왔다. 말이 게거품을 물고 쓰러졌지만, 다행히 도착하고 나서 쓰러져 해가 뜨기 전에는 복주에 도착할 수 있었다.

올 때 황곽도 같이 왔다. 그가 먼저 아침부터 약재상을 찾아 연운이 부탁했던 약재를 전부 구해 다시 마을로 돌아갔고, 조휘는 지금 복주의 한 객잔에 머물고 있었다. 이제 겨우 해가 서선마루에 걸린 시각, 아직은 움직일 때가 아니었다.

'개새끼들……'

침상에 앉아 있던 조휘는 속으로 짜증 가득한 욕설을 내뱉었다. 악 노인이 조휘가 출발할 때 해줬던 말이 있다.

모녀와 옥이, 이 집안의 가장인 장가라는 사람이 모녀가 저렇게 당한 걸 보고 눈이 뒤집혀 이제 겨우 열여덟 먹은 아들과 함께 복수하러 복주로 갔다는 것이다. 그리고 지금까지 돌아오지 않았다고 했다.

조휘는 그 말을 왜 해줬는지 바로 알 수 있었다. 도와달라는 소리였다.

악 노인의 딸이 바로 옥이의 어머니고, 가장인 장가라는 이는 사위였다. 그래서 그렇게 격렬하게 반응했던 것이다.

그가 부탁했다.

제발 장가와 손자를 구해달라고.

조휘는 그 부탁을 들어줄 생각이었다. 말했듯이, 개입을 했으면 끝까지 책임을 진다. 그게 조휘의 방식이다. 만약 조휘가 모녀만 치료해 주고 그냥 간다면? 이 새끼들은 반드시 다시 와서 또 모녀를 괴롭힐 것이다. 조휘는 그렇게 둘 생각이 없었다.

추후에 있을 위협까지 모조리 제거해야, 제대로 된 도움을 주는 거라 생각하고 있었다.

조휘는 봇짐을 풀어 길쭉한 무기 두 개를 꺼냈다. 풍신은 침상 머리에 기대어 놓았다.

이 무기는 복주에 도착해 아침을 전부 허비하며 성안의 모든 대장간을 뒤져 겨우 산 도였다.

풍신의 반도 안 되는 길이의 단도라 할 수 있는 무기. 원래 이런 형태의 도는 나오지 않는다. 도의 이점을 살리기 쉽지 않기 때문이다.

'쌍악이 아쉽지만 어쩔 수 없지.'

조휘가 전장 생활 십 년간 얻은 건 풍신 하나만이 아니었다. 풍신과 동급으로 아끼던 도가 또 있었다.

그게 바로 쌍악(雙惡)이다.

이름에서 알 수 있듯이 두 개의 악. 당연히 도는 두 자루로 나뉜다. 각각 도면에 흑악(黑惡)과 백악(白惡)이라고 양각되어 있고, 흑악은 공격용, 백악은 넓은 도면을 이용해 방어용으로 사용했다.

주로 기습이나 공간이 협소한 곳에서는 풍신보다 쌍악을 주로 사용했다.

보통의 왜도보다 좀 짧은 풍신이지만 그래도 왜도다. 중원에서 사용하는 도보다 조금 더 길었다. 이런 풍신은 동굴 같은 곳에서는 정말 다루기 어렵다. 그러다 얻은 게 바로 쌍악이다. 이놈도 정말 우연찮게 얻었다.

뢰주에서 뱃길로 오 일 거리에 있는 이름 없는 섬, 그곳에 왜구들이 둥지를 틀었다는 첩보를 입수하고 바로 소탕 작전에 나선 적이 있었다.

이건 그때 동굴에서 얻은 도였다.

중원의 방식도 아니고, 왜의 방식도 아니지만 멋들어지게 양각된 흑악, 백악의 단어로 보아 중원인이 만든 것만은 분명했다.

조휘가 이런 쌍악의 존재를 아쉬워하는 건, 이제 해가 지면… 모녀를 저리 만든 개새끼들을 쳐 죽이러 갈 생각이었기 때문이다.

위치도 안다. 고리대금을 하는 용강회라는 스무 명 남짓한 흑도 무리다.

남문 끝에 있고, 위치도 이미 확인하고 왔다. 건물 안에서 벌어지는 전투다. 이럴 땐 차라리 풍신보다는 쌍악이 좋다. 하지만 지금은 없었다.

'후우.'

전역하기 이틀 전 장산과 위지룡에게 각각 하나씩 주고 나왔다. 녀석들이 원체 탐내기도 했었고, 두 녀석이 없었으면 조휘도 죽음을 면치 못할 상황이 몇 번이나 있었기 때문에 그에 대한 보답으로 주고 나온 것이다.

적가에 대한 복수를 위해 주지 말까 생각도 해봤지만, 그래도 두 녀석에게 보답하는 게 먼저라 생각했다.

아직 일 년이나 남은 두 놈에게, 쌍악이 구명줄이 되길 바랐다.

'잊자. 쌍악은 없으니까.'

쌍악에 대한 생각을 정리하고 오늘 구한 도를 쥐어보았다. 부드럽게 휘감기는 도병. 도병은 나름 신경을 써서 만든 것 같았다. 하지만 도날은 아니었다.

서당 개 삼 년이면 풍월을 읊는다는 조선의 격언이 있다. 조휘도 십 년간 뢰주 군영에서 생활하며 나름 무기를 보는 안

목이 생겼다.

그런 조휘의 안목이 오늘 구입한 도를 다시 한 번 살폈다. 이미 사기 전에 충분히 살펴보긴 했지만 이제 곧 전투다. 무구의 점검은 필수였다.

'풍신으로 치면 바로 깨지겠어.'

단도치고는 긴 길이. 쌍악과 비슷한 규격이라 샀지, 아니면 솔직히 거들떠보지도 않았을 놈이다. 도병에만 신경을 썼는지, 날은 상당히 약해 보였다.

손가락으로 툭 튕겨보니 울리는 소리도 그리 곱지가 않았다. 아니, 절로 인상이 찌푸려지는 소리였다.

이런 소리가 나는 무기는 전장에서 쓰기에 별로다. 왜도를 한 번 막으면 이가 나가고, 같은 곳에 두세 번 맞으면 도에 금이 간다.

똑똑.

"저, 음식 가져왔는데요……."

조휘는 그 소리에 창문 밖으로 고개를 내밀어 해의 위치를 확인했다.

'술시 초.'

점소이에게 저녁을 가져다달라고 부탁한 시각이었다.

일어나 문을 여니 점소이가 나무 쟁반에 음식을 담고 서 있었다. 손을 뻗어 쟁반을 받고, 저전(楮錢) 하나를 던져 주고는 다시 문을 닫았다. 조휘는 식사를 시작했다. 전투 전 체력 보충에는 먹는 게 최고였다. 특히 밀가루로 만든 면 종류의 음식이 좋다.

타격대 생활 초기에 주위들은 생존 상식이었다. 그래서 하나는 당연히 소면이었고, 다른 하나는 돼지고기를 소채를 조금 넣어 볶은 음식이다. 고기도 좋다. 체력을 비축하기에는 안성맞춤인 음식이다.

조용히 음식을 섭취하고, 문밖에 다시 쟁반을 내놓고 대기하는 조휘. 눈을 감은 그의 주위로 여태껏 보여준 적 없는 기세가 서리기 시작했다.

뢰주 군영 타격대의 마도 진조휘.

오직 그곳에서만 보여주던 모습을 전역 후 처음으로 보이고 있었다.

강호의 격언 중 실력의 삼 할은 항상 숨기라는 말이 있다. 조휘는 위지룡에게 들은 그 말 때문에 제대로 된 무력을 보여준 적이 없었다.

진정한 마도의 모습을 보여줄 상황도 없었지만, 의도적으로 좀 더 절제하고 있던 것이다. 그게 나올 뻔했던 게 영정현의 객잔에서 백검문을 만났을 때다. 하지만 그땐 좋게 넘어갔다.

조휘는 그 이후 마도로 돌아가게 될 일은 당분간 없을 거라 생각했다. 그러나 그건 오산이었다.

생각보다 빨리 왔다.

조휘가 가진 심마를 아주 제대로 자극하는 일을 만나고 말았다. 모녀를 보며 어머니가 떠올랐고, 그건 조휘를 마도로 돌아가게 만들었다.

지금이야 꾹 눌러 참고 있지만, 조휘가 움직일 시간이 되면 그들은 진정한 마도(魔刀)의 모습을 보게 될 것이다.

"후우……."

깊고 묵직하게 나온 한숨은 조휘의 정신을 날카롭게 벼려 갔다.

기세가 달라졌다. 정말 차갑고, 단 한 줌의 자비도 없는 사람만이 풍겨낼 수 있는 기세. 그게 바로 조휘의 기세였다.

시간은 잘도 흘렀다.

해는 벌써 졌고, 달도 휘영청 떠올라 자신이 가장 밝은 빛을 뿌릴 수 있는 위치로 이동해 가고 있었다.

해시가 다가오고, 지나가고, 자시가 시작되고, 지나가고. 이윽고 축시가 왔다.

기다리고, 또 기다리던 시각.

스윽.

조휘는 허리 뒤로 단도를 꽂아 넣고 침상에서 일어났다.

두득! 우드득! 그리고 허리, 목, 발목, 무릎, 팔목, 손목, 어깨, 손가락까지 전부 풀었다. 관절을 다 푼 조휘는 몸에 열을 내기 시작했다.

예열이다.

뜨끈하게 열기를 피워 놓은 상태와 그렇지 않은 상태는 큰 차이가 있다. 반사 신경도 올라오고, 순간속도는 말할 것도 없다.

가장 큰 건 역시 정신이 맑아진다는 거다. 완벽하게 전투 준비를 끝낸 조휘는 준비해 뒀던 복장으로 갈아입고 문을 열었다.

*　　　*　　　*

축시가 반이 지났을 무렵, 용강회의 숙소라 할 수 있는 장원의 뒤편으로 새까만 흑의와 복면을 뒤집어쓴 불청객이 찾아들었다.

당연히 조휘였다.

정찰? 하는 게 좋긴 하다. 하지만 조휘는 낮에 한 번 정문 맞은편 다관의 이 층에서 둘러본 걸로 대충 지형을 머릿속에 넣었다. 장원은 크지 않았다.

겨우 스물 남짓이 생활하는 곳이니 커봐야 얼마나 크겠나.

하지만 조휘에게는 다행이었다. 단숨에 끝장낼 수 있으니까.

수준이야 이미 파악했다. 드나드는 놈들을 보니, 위지룡 혼자 어둠을 이용해 저격만 해도 모조리 끝장낼 수 있는 수준이었다.

암습이라면 조휘도 일가견이 있다. 아니, 조휘가 못하는 공방은 거의 없다고 봐야 했다. 거의 모든 전장을 겪고도 살아남았으니까.

그런 조휘가 가장 좋아하는 작전은, 바로 지금과 같은 작전이다. 기습에 일가견이 있는 정예 타격대를 끌고 몰래 잠입해, 싹 썰어버리는 그런 작전.

그리고 지금이 딱 그 작전이다.

타격대에서 연 백호장이 해주던 작전 개요, 이어서 정확한 설명도 없지만 없어도 상관없었다.

'그냥 가서… 다 죽인다.'

심마를 떠오르게 한 죄.

아주 똑똑히 치르게 해주마.

까득.

이를 간 조휘가 담을 넘었다. 담을 넘자마자 첫 번째 표적이 보였다. 감사하게 딱 두 놈. 사사사삭.

전역할 당시에 챙겨온 특수한 가죽을 덧댄 신발은 조휘의 발소리를 완벽히 죽였다. 그래서 조휘의 쇄도는 일보 일보가 사신의 걸음이 되었다. 그리고 그 걸음은 순식간에 표적의 등 뒤로 조휘를 보냈다.

서격, 푸슛!

"크릅."

입을 틀어막고 그대로 어느새 뽑은 도로 목을 쭉 긋는다. 검붉은 혈선이 생기고, 피가 훅 튀어 올라오기 시작하고 나서야 그 옆의 놈이 반응했다.

"어?"

어?

어는 무슨 어?

"그게 끝이야?"

사삭!

푹! 푹푹! 서격!

푸슉! 푸슈욱!

곧바로 복부에 한 방, 다시 옆구리에 두 방, 이어 다시 목을 쭉 긋는다. 턱! 그 이후에야 입을 틀어막는 조휘. 이 모든 게 어? 하고 반응을 보인 후 숨 한 번 쉬기 전에 일어난 일이었다.

크륵, 크르륵.

꽉 틀어막은 입에서 가느다란 신음이 흘렀다. 하지만 그 신음은 조휘의 귀에만 들렸을 뿐, 넓게 퍼지지 못하고 어둠에 동화되어 스르륵 사라졌다.

눈동자에서 생기가 빠져나가는 걸 확인한 조휘는 그대로 천천히 이미 시체가 된 놈을 바닥에 내려놓았다. 비릿한 혈향이 두 놈의 몸에서 스멀스멀 기어 나왔다.

그러나 조휘는 이미 그 자리에 없었다.

'용강… 어디 있냐?'

번들거리는 새파란 눈동자만 어둠 속을 빠르게 유영하고 있을 뿐이었다.

사사사삭!

푹!

"커윽……."

푹! 푹! 푹!

순찰을 돌던 새끼 하나를 잡아서 역수로 쥔 도로 옆구리에 두 방, 그리고 왼쪽 가슴에 한 방 먹였다. 많이도 필요 없다.

옆구리는 몸에 힘을 순간적으로 빼놓는 거고, 심장이 즉사로 이어지는 길을 열어버렸다.

푸슉!

도를 뽑자마자 뿜어지는 피에도 아랑곳하지 않고 다시 조용히 눕혔다. 눕혔는데도 푸슉! 푸슉! 피는 잘만 솟구쳤다. 마치 분수처럼.

'셋. 남은 놈은 열일곱. 많아야 스물.'

원래는 스물이라 들었다. 객잔의 점소이에게 저전 열 개나 주고 알아낸 정보다. 하지만 한둘 정도는 당연히 더 있을 수도 있었다.

슥, 스윽.

구리구리한 냄새가 나는 변소 뒤쪽에 숨은 조휘. 끄응! 끄으응! 힘쓰는 소리가 들렸다.

모를 거다. 조휘가 바로 뒤에 숨어 있을 줄은. 잠시 후 어허, 하면서 바지춤을 끌어올리는 소리가 났다.

끼익. 문이 열리고 생에 마지막으로 볼일을 시원하게 본 놈이 밖으로 나왔다. 스각! 머리가 밖으로 나오는 순간 조휘의 도가 벼락처럼 공간을 갈랐다.

"크륵, 크으윽……."

푸슉!

툭. 피가 튀는 순간 조휘는 발로 놈을 툭 밀었다. 그러자 변소의 구덩이를 향해 주춤주춤 물러나다 푹 빠져 버렸다.

조휘는 바로 신형을 돌려 다시 달렸다. 그리고 건물이 만들어낸 음영 속에 숨어들었다. 안 그래도 어두운 곳. 곳곳에 불이 켜져 있긴 하지만 미약하기만 하다.

어둠 속에 숨은 조휘는 천천히 숨을 골랐다. 작정하고 숨을 죽인 다음 움직였기 때문에 호흡이 상당히 거칠어져 있었다.

그러나 조휘는 이런 경험이 적지 않았다. 어느 순간에 가다듬고, 어느 순간에 폭발시켜야 하는지도 알았다.

지금은 전자, 가다듬어야 하는 시기였다. 호흡을 진정시키는 동안에도 소란은 일어나지 않았다. 아직 고요한 상태. 조휘가 죽인 놈들이 아직 발각되지 않았다는 뜻이다.

'그래, 자라.'

밖에 무슨 일이 일어나는지도 모르고 자고 있다면, 이들이 받을 선물은 딱 하나다.

사신의 낫, 혹은 명부(冥府)의 초대.

고작 스물밖에 되지 않는다. 세가 크지 않다는 소리다. 세가 크지 않다는 건 또 이들이 그저 그런 놈들이란 뜻도 된다. 주박채와 비교해 봐야 고만고만했다.

이런 놈들보다 더 심한, 진짜 약탈을 위해 제대로 훈련받은 왜구들도 야습으로 썰어버린 전적이 있는 조휘다.

이런 곳에서 고비가 생긴다는 건 정말 있을 수 없는 얘기다.

슥, 슥.

호흡을 진정시키고 주변을 살피는 조휘. 기척은 느껴지지 않았다. 아직도 고요 속에 잠겨 있는 용강회의 장원이다.

'일각. 이제 슬슬 걸릴 시기……'

조휘는 길어야 이각이라고 생각했다. 설마 이각 안에도 안 걸리면? 그러면 어쩔 수 없다. 다 잠든 채로 나란히 저승길에 들어서는 거다.

슥.

몸을 더 숨기는 조휘.

"하암."

시기 좋게 한 놈이 하품을 하며 경계 근무를 하러 나왔다. 얼굴을 보니 아직 잠에서 깨지도 않았다. 조휘는 기다렸다. 저 놈은 그냥 보내고, 교대해서 돌아오는 놈들부터 시작할 생각이었다.

그리고 정말 시기 좋게 놈들의 숙소까지 알 수 있었다. 전방으로 삼십 보 거리에 있는 건물 하나.

그게 숙소였다.

조휘는 확신할 수 있었다.

딱 봐도 스물에서 서른은 들어가서 잘 수 있을 것 같은 건물이다. 타격대의 숙소도 저 건물과 외형은 물론 크기도 비슷했기 때문이다.

잠시 기다리자 교대를 하고 한 놈이 돌아온다. 두 놈이 아니라 한 놈씩 번을 서는 모양이다.

뭐, 조휘야 좋다. 슬금슬금, 녀석의 뒤로 이동한 조휘는 놈의 보폭에 맞춰 걸었다. 그리고 건물까지 이동한 후 놈이 문고리를 잡으려 손을 뻗는 순간 벼락처럼 덮쳤다. 시꺼먼 어둠이 쭉 뻗어나가 입을 막고 목을 쭉 그었다.

서걱.

날에 베인 살이 패(貝)처럼 벌어졌다.

비명? 당연히 없었다. 비명도 못 지르도록 쾌속으로 그었기 때문이다. 비명도 인지를 해야 지르는 법이다. 조휘는 그 여유조차 주지 않았다. 비명 대신 크륵, 크르륵, 가래 끓는 소리가 들렸지만 이 역시 미약하기만 했다. 다시 놈을 주저앉히고 문고리를 잡는 조휘.

'열댓 놈만 있어라.'

많이 있으면 있을수록 조휘에겐 좋은 상황이다. 여기서 그래도 좀 위협이 될지 모르는 놈들을 모조리 죽여 버릴 수 있을 테니까.

서늘한 흥분과 함께 문을 열었다.

끼이익.

달빛이 살짝 스며들고, 내부의 전경을 어렴풋이 밝혔다. 역시, 타격대의 숙소와 비슷했다. 양옆으로 침상이 주르륵 늘어져 있으니까. 조휘는 빠르게 침상을 훑었다. 훑고 난 뒤 미소가 그려졌다.

짙은 주향까지 느껴졌다.

'한잔 거하게 꺾었나 봐?'

하늘이 돕고 있었다. 저절로 그려진 미소와 함께 수를 세어

보는 조휘.

열두 놈.

거의 전부 여기 있었다.

스윽.

문의 빗장을 조심스레 건 조휘는 허리춤에 찔러 넣고 있던 단도를 다시 꺼내 양손에 쥐었다. 시작이다. 마도 진조휘의 잔혹한 학살극이.

쉭!

서걱!

쉬익!

서걱!

'둘!'

정확히 두 놈의 목을 빡 따버리는 조휘. 이제부터는 시간 싸움이다. 빠르게 그어버려 최대한 수를 줄여놔야 한다.

"크으……"

"크륵!"

입을 막지 않았으니 신음은 당연히 흘러나왔다. 그 소리에 바로 뒤척거리는 소리가 들렸다. 아, 뭐야. 하면서 일어나는 놈이 하나.

쉭!

조휘는 바로 도를 던졌다. 휘리릭 날아간 도가 일어서려던

녀석의 머리통에 처박혔다. 그러나 조휘는 그 장면을 보고 있
지도 않았다. 바로 침상을 넘어 깊은 잠에 빠진 놈의 목줄기
를 그어버렸다.

스가악!

푸슛!

"악!"

대갈통에 단도가 꽂힌 놈이 용케 생에 마지막 유언을 단말
마로 쏟아 냈다. 동시에 침묵이 깨지고, 기척을 느낀 놈들이
부스럭거리면서 일어났다.

"아, 쌍, 뭐야?"

"어떤 새끼가 형들 자는데 떠드냐… 앙?"

끝에 있던 놈 둘이 일어나며 반사적으로 뇌까렸다. 아마 아
직도 잠이 덜 깨고, 술도 안 깼을 것이다. 상황 파악도 안 하
고 그냥 지껄인 말.

그게 두 놈의 유언이다.

푸욱.

뿌렸던 단도를 몸을 날리며 회수한 조휘가 바로 그쪽으로
뛰었다. 두세 걸음 만에 날듯이 다가가 그대로 발등으로 정확
하게 한 놈의 면상을 후려갈겼다.

빡!

"컥!"

고개가 훅 젖혀지며 우득! 소리가 들렸다. 힘도 못 준 상태에서 그대로 걷어차였으니 목뼈가 버틸 리가 없었다.

"뭐, 뭐야! 너, 이 새끼, 뭐야!"

"……."

또 한 놈이 잠이 깼는지 버럭 소리쳤다. 그러나 조휘는 대답 대신 몸을 날릴 뿐이다.

퍽, 파박! 우드득!

처음의 무릎 차기는 막혔다. 두 번째 팔꿈치로 내려찍은 일격도 막혔고, 단도를 쥔 상태 그대로 올려친 주먹은 막지 못했다.

칵! 하고 튕겨 올라가는 고개에 조휘의 손목이 툭 꺾이며 그대로 아래로 쭉 흘러내려갔다. 그에 쥐고 있던 단도의 날이 정확히 목젖에 닿고, 살을 가르며 조휘의 힘에 딸려갔다.

서걱.

"크륵! 크으으, 크악!"

"……."

퍽!

비명을 지르자 바로 팔꿈치로 옆얼굴을 후려쳐 격침시키고, 바로 신형을 돌려세웠다.

잠에서 깬 놈들이 멍하니 조휘를 보고 있었다.

"혀, 형님! 너, 이 새끼! 뭐, 뭐 하는 새끼야!"

한 놈이 떨리는 소리로 물어왔다.

어쩜 이렇게 하는 말들이 똑같을까? 조휘는 대답 대신 섬뜩한 웃음과 눈빛만 흘렸다. 이 새끼들… 그냥 다 죽여야 할 새끼들이다.

여기에 조금이라도 제대로 된 새끼들은 하나도 없다는 걸이미 알고 있다. 이것 또한 점소이한테 저전을 챙겨주며 용강회의 평판을 물어본 결과였다.

가난한 이들의 고혈을 쪽쪽 빨아먹는 기생충 같은 새끼들. 점소이가 했던 말을 종합해 보면 이런 결론이 나왔다.

정말 어떻게 된 게 제대로 된 심성을 가진 놈이 없었다.

고리대금으로 순진한 사람들의 삶을 개박살 내는 놈들. 이면 계약을 통해 협박, 폭력으로 갈취하고 심지어는 납치에 인신 매매까지 하는 새끼들.

단순한 흑도였으면 살려뒀을 수도 있었다. 그런데 이놈들은 그 도를 넘어섰다.

넘어섰으니 어쩌나.

조휘와 엮였으니 어쩌나.

다 죽어야지.

파박!

조휘의 신형이 갈지자로 움직이다가, 움푹 꺼졌다. 워낙 불시에 일어난 일이고, 어둠 속이라 일어난 놈들은 바로 대응하지 못했다.

휘리릭!

퍽!

조휘가 그 순간 던진 도 하나가 가장 앞에 있던 놈의 가슴 팍에 처박혔다. 컥! 하고 신음이 흐르고,

"이 개새끼가!"

후웅!

옆에 있던 놈이 조휘에게 달려들어 주먹을 휘둘렀다. 바람 소리가 후웅! 시원하게 울렸지만 이후는 비명이었다.

서걱!

"으악!"

조휘의 도가 주먹을 막은 탓이다. 놈의 주먹은 정확히 도날 을 후려쳤다. 퍽! 발로 가슴을 차고, 한 걸음 나가 다시금 도 를 역수로 틀어쥐고 내리꽂았다.

푹!

쇄골부터 뚫고 들어간 도.

"칵! 크아아악!"

모골이 송연해질 정도의 처절한 비명이 터졌다. 아플 거다. 아프라고 지금 조휘가 단도를 비틀고 있었으니까.

그그극!

도날이 뼈에 닿아 비틀리니, 통증은 아마 상상을 초월한 것

이다. 맨 정신으로는 도저히 못 버틸 고통이 올라오고 있을 테니까. 아니, 술을 왕창 처마셨어도 소용없었을 거다.

"씨발, 뭐 해! 조져!"

우아!

도망가지 않고 일제히 덤벼드는 놈들. 조휘는 그런 녀석들에게, 푹! 극! 그그그극! 획! 참수해 버린 목을 던져줬다. 그리고 던진 목에 시선이 쏠렸을 때, 조휘의 신형은 이미 또 다른 먹이를 덮쳐 가고 있었다.

푹! 푸북! 크악!

소름 끼치는 비명이 학살의 시작을 알렸다.

끼이익.

피에 푹 젖은 조휘가 숙소 문을 열고 나왔다. 온몸에 튄 용강회 놈들의 피는 조휘가 입은 흑의를 몸에 착 달라붙게 만들었다. 물에만 젖어도 불쾌한데, 피로 젖은 옷이다. 극히 불쾌했지만 그는 이 정도는 이겨낼 수 있는 경험을 넘치게 했다.

장원은 밝아져 있었다.

숙소에서 비명이 찢어져라 울렸으니 당연한 일이었다. 아무리 문을 닫았다고 해도 나무로 축조한 건물인 이상 비명이 틈새로 흘러나가는 걸 막기는 힘들다.

아주 먼 옛날에는 기라는 걸로 주변을 막아 소음이 새지 않게 하는 기술이 있었다고 하는데, 그건 말 그대로 아주 먼 옛날이야기다.

작금의 강호는 오직 선택받은 이들만 내공을 익히고 있다. 그것도 일 갑자, 이런 개념이 아니라 콩알만큼만 내단을 형성 해도 초고수 소리를 듣는 게 현 강호.

오죽하면 강호인이 되고 나서도 죽기 전까지 내력을 익힌 무인을 한 번도 못 만나고 죽는 이들이 수두룩할까. 요즘 강 호가 그렇다.

저벅, 저벅저벅.

조휘는 몰려 있는 이들, 꼴랑 다섯을 향해 걸었다. 스물, 더 있어 봐야 셋에서 넷 정도라고 예상했는데 그 예상이 딱 맞았 다.

"넌 뭐 하는 새끼냐……?"

가장 앞에 있는 적포 사내가 물어왔다.

"니가 용강이야?"

"용강? 목소리를 들어 보니 어린 새끼인 것 같은데… 용강? 씨벌 놈이! 내가 니 친구냐? 앙?"

"닥치고, 니가 용강이냐고."

"그래, 이 새끼야! 내가 용강이다! 넌 어디서 온 새끼냐? 어 떤 새끼가 보냈어!"

맞구나.

용강?

조휘는 용강을 확인하고는 주저 없이 도를 들어 올렸다. 대화? 무슨 대화가 필요할까? 조휘는 그리 말이 많은 편이 아니다.

조휘가 말을 하는 건 전투를 끝내려고 할 때, 혹은 아예 끝났을 때다.

조휘가 도를 들어 올리자, 용강이 이 개새끼가! 저 새끼 잡아와! 서슬 퍼런 얼굴로 외치는 소리가 터졌다.

그 외침은 전투를 알리는 신호탄이 되었다.

팍! 파박!

퉁퉁 튕기듯이 앞으로 나선 조휘의 상체가 낙뢰가 떨어지는 것처럼 흔들렸다. 기이한 곡선을 그리며 상체를 흔드는 모습에 시선을 빼앗겼고, 조휘는 내렸던 팔을 벼락처럼 쳐올렸다.

서걱!

가슴 앞섶을 훅 긁고 지나가는 조휘의 도는, 살가죽은 물론 지방, 근육까지 모조리 갈라 버렸다.

"어, 어어……?"

그러니 의문이 들 것이다. 푸슉! 푸슉! 자신의 가슴에서 왜 피가 분수처럼 터지는지. 분명 시꺼먼 흑의 복면을 한 놈이 상체를 흔들고 있었는데, 왜 피가 나는지.

몰랐을 것이다. 조휘의 상체 흔들기가 어떤 의미를 가지는지. 시선을 빼앗기 위함이다. 부드러우나 뭔가 이상한 곡선을 그리니 어? 하고 바라보게 된다. 게다가 사위가 어두우니 어둠이 꾸물거린다는 착각도 있었을 것이다.

그게 저승 문턱 앞의 광경이었다. 정신을 차리고 뒤로 몸을 빼든지, 아니면 조휘를 공격하든지. 살길은 그것뿐이었다.

깡!

조휘는 머리로 떨어지는 도를 오른손의 도로 막아내고, 두어 걸음 물러났다 다시 튕기듯이 앞으로 쏘아졌다.

상체를 바짝 숙이고 달리다가, 슉! 슉! 간격을 두고 오른손의 도와 왼손의 도가 각기 다른 궤적을 그렸다.

깡!

푹!

올려 치는 공격은 막혔지만, 역수로 틀어박은 도는 그대로 옆구리에 꽂혔다.

"큭!"

큭?

유언치곤 너무 짧은 거 아냐?

그런 생각에 입술을 비튼 조휘는 막혔던 오른쪽 도를 틀어 다시 역수로 쥐고, 휙 들어 그대로 내리꽂았다. 푹! 하고 옆목 쪽으로 파고들어간 도. 크악! 하고 다시 비명이 터졌다. 그 비명을 들은 뒤 조휘는 손에 힘을 집중해 쭉 내리그었다.

그그그극! 도가 가죽, 지방, 근육에 신경까지 모조리 끊어버리며 조휘의 힘에 딸려 내려왔다. 그러다 뼈에 걸렸는지 도가 내려오는 걸 멈췄다. 조휘는 바로 뽑고 빠졌다.

굳이 뼈까지 끊지 않아도, 저놈은 이제 못 산다.

쉭!

그리고 조휘를 노린 공격도 있었다.

옆구리를 한 치의 간격을 두고 스쳐 지나가는 용강의 도. 언월도를 축소해 놓은 모양의 도다. 넓은 도면을 이용한 공수의 조화.

파바박!

'아직, 아직 넌 기다려……'

용강의 차례는 맨 마지막으로 정한 조휘다. 저놈은… 결코 쉽게 죽일 수가 없었다.

모녀를 그리 구타한 장본인이기도 한 놈이다.

이런 새끼는 죽여야 한다. 반드시. 아주 고통스럽게.

하지만 말했듯이 그 모든 건 마지막에.

'두 놈.'

두 놈 남았다.

용강이 혼자가 되려면.

퍽! 파박! 뱅글 돌아 옆구리에 그대로 도를 찔러 넣고, 악!

하고 신음을 지르는 사이 도병으로 눈을 퍽 찍어버렸다. 다시 아악! 하고 신음이 터졌다.

주춤주춤 물러서는 녀석의 목을 갈라 버리고, 앞으로 그냥 굴러 버리는 조휘. 그 위로 용강의 도가 치고 지나갔다.

가만히 있었으면 분명 뒤통수가 썰렸을 거다. 그래도 나름 한칼 한다고, 어떤 등신들처럼 이얍! 죽어! 하며 기합을 지르지는 않았다. 하지만 발소리마저 죽이지는 못했다.

구르고 일어나며 바로 신형을 회전시켜 용강을 바라본 뒤 힐끔 눈알만 굴려 남은 한 놈의 위치를 파악했다. 주춤 물러나고 있었다.

'누가 보내준대?'

도망가게 두라고?

절대로 이루어질 수 없는 말이다. 조휘는 분명 다짐했다. 단 한 놈도 살려두지 않겠다고.

파바박!

조휘의 신형이 활대처럼 휘었다 튕겨졌다. 휘이익! 용강의 도가 얼굴을 노리고 날아들었으나 그건 고개만 숙여 그냥 피하고, 남은 한 놈에게 달려들었다.

"힉!"

기겁한 듯 신음을 하며 뒤로 몸을 빼지만, 뒤로 물러나는 것과 앞으로 달려드는 속도의 차이는 명백했다. 한 호흡이 끝나고, 두 번째 호흡이 들어가는 순간 이미 조휘는 놈에게 접근했다.

깡!

내려친 도를 용케도 한 번은 막아냈다.

깡! 깡! 깡! 연달아 세 번을 후려치고 옆으로 후다닥 뛰는 조휘. 허벅지를 노리고 용강의 도가 스쳐 지나갔다. 지이익! 가죽을 덧댄 신이 지면을 긁으며 소리를 냈고, 그 소리는 조휘가 신형을 이미 돌리고 있다는 증거가 되었다.

쉭! 서걱!

"악!"

조휘가 보이는 지독한 공격에 이미 얼어도 아주 바짝 얼어붙어 있었다. 경험이 없어서 저렇다. 아마, 진짜 피가 튀는 싸움 따위 겪어본 적이 없는 놈일 것이다.

'그러고 보니……'

이상하게 병약해 보인다.

얍삽하고 비열하게 생겼고, 몸은 전체적으로 호리호리하다. 게다가 의복도 서생의 복장이다. 학사건도 쓰고 있고. 이 세 가지만 보고도 감이 온다.

책사.

비열한 계략을 짜내는 책사.

'네놈 대가리에서 다 나왔구나?'

이가 으득! 갈렸다.

조휘가 대놓고 공격하긴 했지만 한 번 공격을 막은 건 정말 천운이었던 것이다. 하지만 고맙다. 한 번에 뒈져 주지 않아서.

"이 개새끼야!"

조휘가 계속 피하면서 자신이 아닌 수하들만 공격하자 약이 바짝 오른 용강. 그러나 잘됐다. 소리를 질러주면 어디 있는지 알 수 있어서 오히려 고마울 지경이다.

쉭!

옆구리를 노리고 다시금 날아드는 용강의 도. 조휘는 당연히 바로 반응해서 피했다. 그러면서도 서걱! 서걱! 책사로 보이는 놈의 허벅지와 종아리를 거의 동시에 베어버리면서 피했다.

"악! 내, 내 다리!"

내 다리?

아직 안 잘렸어. 소리치지 마라.

살려둔다.

'너도 똑같이 당해봐야지?'

털썩 주저앉아 신음을 지르는 책사. 그놈은 뒤로 물러나려고 했다. 조휘에게서 조금이라도 멀어지고 싶은 본능에서 나온 행동이다.

그걸 보고 나서야 움직임을 멈추고, 용강에서 시선을 주는 조휘.

"이제 너 혼자 남았네?"

"······."

용강이 조휘의 말에 주변을 돌아봤다.

조휘의 말처럼, 서 있는 놈들은 아무도 없었다. 보통 이런 경우 겁을 집어먹기도 한다. 하지만 용강은 그래도 두목이라고 제법 담이 센 놈 같았다. 오히려 으득! 이를 갈더니 조휘를 씹어 먹을 듯이 노려봤다. 하지만 이런 눈빛이야 익숙하다.

왜구들이 조휘만 만나면 항상 보여주던 눈이기 때문이다. 약탈을 하는 건 지들이면서, 그걸 못 하게 막는 조휘에게 오히려 분노를 보낸다.

앞뒤가 바뀐 상황이지만 그만큼 조휘가 잔혹하게 나왔다는 뜻이다.

조휘는 물었다.

"왜 그랬어?"

그 물음에 용강의 표정이 요상하게 변해 버렸다. 조휘의 말 뜻을 이해하지 못한 것이다. 대뜸 왜 그랬냐니? 누구도 이해하지 못할 것이다. 하지만 조휘는 용강이 이해하든 말든 다시한 번 물었다.

"그 모녀한테 왜 그랬냐고."

"모녀? 아아, 장가 놈 계집이랑 딸내미? 큭, 큭큭큭!"

"대번에 알아차리네?"

"큭큭! 재밌었거든! 손맛도 좋았고. 크하핫!"

용강이 비열한 웃음 뒤에, 겨우 그딴 년들 때문에 지금 이 지랄을 떠는 거야? 아, 진짜 어이가 없어서. 큭큭큭! 하고 혼잣말을 했다.

그 말은 들은 조휘는 웃었다. 새파랗다. 새파란 눈에 전역 후 처음 마(魔)가 서리기 시작했다.

'그래, 나도 기대하고 있어.'

니 몸 써는 손맛.

입술을 핥는 조휘의 복면 속 얼굴은 정말… 마귀에 가까웠다.

제8장

마도(魔刀)의 의미

계집? 딸내미?

용강은 겨우 모녀 때문에 와서 이 난리를 피운 거냐며 어이없어 했다. 본심으로 말이다.

"겨우?"

"큭큭! 그래, 겨우! 돈을 빌렸으면 갚아야지! 내가 잘못한 건가? 아니지! 아니야! 돈을 빌려가 놓고 갚지 않은 장가 놈이 잘못한 거지! 그리고 감히 나한테 똥물을 끼얹은 그년이 잘못한 거지!"

용강이 히죽거리면서 열변을 토해냈다. 하지만 조휘에겐 씨

알도 먹히지 않았다. 이해? 개소리다. 저런 소리는 그저 지나가던 개가 왈왈 짖는 정도밖에 되질 않았다. 조휘가 대화를 시작한 건 그저 분위기를 조성하기 위해서일 뿐.

분위기를 잡는 일, 조휘는 잘한다.

타격대에서 말 안 듣던 놈들은 전부 분위기를 한껏 잡아놓고 조졌다. 그래 놓으면 반항기가 못해도 한 번에 반은 뭉텅 썰려 나갔다. 그럼 한두 번 기회 봐서 더해주면 반항기는 쏙 들어간다.

그럼 굳이 왜 지금 그 타격대 시절의 분위기를 잡느냐.

당연히 이유는 하나밖에 없었다.

극한의 공포를 느끼게 해주는 것. 그걸 위해 조휘는 대화를 시작했다.

"그래서 사람을, 그것도 연약한 여인을 그렇게 팼어?"

"안 죽인 게 다행이다! 감히 내게 똥물을 부어놓고도 살 수 있었다면 그건 하늘에 감사해야 할 일이야!"

"아아……."

그래?

조휘는 좋은 정보를 얻었다. 똥물. 그래, 일단 한 번 끼얹고 봐야겠다는 생각이 들었다. 스윽. 도를 들어 올리자 용강이 히죽 웃었다.

"이러지 말고, 어때, 우리 같이 사업 좀 해보는 게?"

"사업?"

"그래, 딱 보니 의협심 넘치는 무인인 것 같은데… 요즘 의협심을 챙겨봐야 뭐가 남나? 남는 거야 자기만족밖에 없지? 차라리 그러느니 그 힘, 그 무력! 돈을 버는 데 한번 써보는 게 어때?"

"……."

피식.

이것도 어디선가 들은 것 같다. 장산이었나, 아니면 위지룡이었나?

그놈들이 틈만 나면 하던 얘기 중에 섞여 있던 것 같았다. 힘을 보여주면 꼭 감언이설로 꼬드기는 놈들이 있을 거라고. 조휘를 분명 가만히 두지 않을 거라고.

그놈들이 해줬던 얘기는 정말로 전역하자마자 현실이 되어 조휘에게 다가왔다.

그러니 웃겼다.

'이 새끼들, 자리 깔게 해야 되나?'

두 놈은 점만 쳐도 먹고살 것 같았다. 물론 타고난 팔자로 인해 싸움 없이 사는 게 힘들겠지만.

"여기 복주는 아주 금덩어리지! 금맥이 잠든 곳이라니까! 자네만 마음먹으면 이곳 복주 흑도 놈들은 일 년이면 싹 몰아낼 수 있어! 그럼 그 이후부터는 우리들 세상이 되는 거야! 으리으리한 저택에서 살고! 먹고 싶은 것도 마음대로 먹고, 품고 싶은 계집도 날마다 갈아 치우며 품고! 지상낙원이 따로 없는 거지! 하하하!"

"……."

지랄을 하고 자빠졌다.

지상낙원? 지옥을 맛보고 온 조휘다. 낙원에 흥미가 없는 건 아니지만 조휘는 제 분수를 잘 안다.

조휘는 스스로의 인생이 앞으로도 결단코 순탄치 않을 것 이란 걸 아주 잘 안다. 그 예로 적가의 복수가 있다. 이런 길 을 가려는 조휘에게 지상낙원이란, 죽음으로도 찾아갈 수 없 는 곳이다.

그러니 혹하는 마음조차 생기질 않았다.

"어때, 끌리지? 그 도만 내리면 되는 거야. 모녀 따위 두드려 팬 게 뭐 그리 잘못이라고 자네가 그리 의협심을 불태워?"

"그만. 아가리 찢어버리기 전에."

"이런… 결국 독주를 들이켜겠다는 거지? 나 용강, 두 번 제 의 안 해!"

"나도 두 번 말 안 해. 그러니까 닥치고 시작하자고."

큭큭큭!

조휘의 말에 용강이 다시 한 번 웃더니, 아, 새끼, 말 안 통 하네. 하고 중얼거렸다. 조휘도 그 말에 동의한다. 어차피 죽여야 할 새끼다. 말이 통해봤자 남는 게 없다.

"팔다리가 잘려도 그딴 소리 할 수 있는지 두고 보자고."

파박!

지면을 박찬 조휘가 움직였다. 돌아가지 않고 정면을 향한 쇄도 후 그대로 어깨를 향해 도를 내려쳤다.

깡! 내려친 도가 용강의 도면에 박히며 막혔고, 용강은 그대로 비틀어 조휘를 향해 도를 움직였다. 쉬워 보이지만 어려운 기예다. 하지만 조휘도 할 수 있는 기예다. 아니, 피하고 막는 법도 안다.

깡!

다른 손의 도로 막고, 맞닿은 도를 힘을 이용해 드는 조휘. 용강의 도는 조휘의 힘에 끌려 올라갔고, 그에 상체가 훤히 노출됐다.

퍽!

발로 걷어차자, 주춤 물러났던 용강이 도를 쭉 잡아당겼다.

그그그그극! 도면과 날, 등이 서로 긁히면서 귀를 막고 싶은 소음이 일어났다. 하지만 조휘도 그렇고, 용강도 그 소리에 인상만 조금 찌푸렸을 뿐, 크게 반응하진 않았다.

"홉!"

조휘가 떨어지지 않고 따라붙자 용강이 기합을 짧게 넣으며 도를 마구 흔들었다.

간격을 만들 생각일 것이다. 그렇다면 그냥 주려는 마음으로 도를 확 펼치는 조휘. 그러자 용강이 바로 시기 좋게 도를 쭉 들이밀었다. 아주 등신은 아닌 것 같았다. 나름 경험이 있는 것 같기도 하고.

하지만 그뿐이다.

'이 정도는……'

적각무사들에 비하면 정말 새 발의 피다. 적각무사의 공수는 무시무시하게 단단하다. 공격할 때는 악귀처럼 달려들고, 수비할 때는 난공불락이 되기도 한다. 오죽하면 적각무사는 전장에선 아예 일인군단이라 불러도 충분하다 생각했겠는가.

그런 놈들에 비하면 용강은 타격대에서도 흔히 보이는 병사일 뿐이다.

그리고 조휘는 그런 타격대를 실질적으로 이끌었던 사람이고. 이게 주는 차이는 크다. 용강은 그걸 모른다.

빡!

발이 빠지고, 회전하며 축이 이동했다. 동시에 팔꿈치가 접히고, 그대로 용강의 관자놀이를 후려쳤다.

킥! 하고 물러나는 용강을 쫓아가, 푹! 옆구리에 한 방 넣어주고, 다시 발로 툭 찬 다음, 또 쫓아가서 서걱! 허벅지를 베어주는 조휘.

순식간에 두 방을 연달아 먹여주는 실력 차이. 용강은 눈 앞에서 별이 반짝여 아직 통증도 제대로 못 느끼는 중이다.

휘릭!

다시 몸을 역으로 회전시켜 그대로 무릎에 발차기를 먹이는 조휘. 우직! 신체의 뭔가가 주저앉는 소리가 섬뜩하게 울렸다.

"크악!"

그리고 그제야 용강이 비명을 터뜨렸다. 이제 반짝이는 별은 사라지고, 끔찍한 고통만 남았을 것이다. 그리고 그 끔찍한 고통은 이제야 조휘가 용강에게서 듣기를 원하던 소리를 듣게 해줬다.

"아파?"

"개새끼가!"

푹!

날아오는 도를 피하고, 팔꿈치 안쪽에 도를 찔러 넣었다. 살짝, 폭! 하고. 그러나 그 정도로도 피는 튄다.

"아악!"

"듣기 좋네, 그 소리."

후후.

서늘한 웃음을 흘리며 조휘는 물러나는 용강의 보폭에 딱 맞춰 다가갔다. 나는 멀어지는데, 적은 다가온다. 이는 무시

못 할 부담감으로, 공포로 다가온다. 물론, 이건 보통의 경우고. 용강의 경우는 아직 그 지경까지 가진 않았다. 나름 대가 센지, 이를 악물고 꽤 버티고 있었다.

그러나 조휘의 눈엔 보인다. 이미 눈빛이 조금씩 떨리고 있었다. 이런 경우라면 조휘도 사실 떨린다.

적각무사, 개중 뿔의 개수가 다르거나, 적각이 아닌 청각(靑角)이나 흑각(黑角)을 단 놈들을 만나면 몸이 자연스레 떨린다. 그건 조휘의 의지와는 별개로 본능이 숨죽이거나, 살고 싶다고 발악하는 경우라고 봐야 했다.

어쨌든 조휘는 머지않았다고 생각했다.

"개새끼… 원하는 게 뭐냐, 어? 돈? 목숨?"

"후자."

"내 목숨을 달란 말… 지랄 마!"

부웅!

용강이 기습처럼 앞으로 상체를 쭉 내밀며 다시 도를 찔러왔지만, 조휘는 이미 용강이 말할 때 도가 슬며시 올라오는 걸 보고 있었다.

깡! 푹!

오른손의 도(刀)로 슬쩍 흘리고, 왼손의 도(刀)로 용강의 도를 쥔 손목을 푹 찔러, 그대로 용강에게서 떼어냈다.

"으악! 아악! 아, 쌍! 씨발!"

고통이 또다시 훅 치고 들어오자 용강이 더 이상 참지·못하고 짜증 섞인 비명을 질렀다. 그러나 조휘는 여전히 차분했다. 다시 물러나는 용강을 같은 보폭으로 쫓아간다.

"아파?"

"그래! 아프다! 쌍! 칼 맞았는데 너 같으면 안 아프겠냐! 아, 씨발!"

악을 바락바락 쓰는 용강. 그에 조휘는 그저 서늘한 웃음으로, 오랜만에 찾아온 마(魔)가 깃든 눈빛으로 용강의 눈을 응시했다.

"그러게, 왜 그랬어?"

"아, 뭐!"

"뭐?"

파박!

조휘의 신형이 벼락처럼 뿜어졌다. 푹! 옆구리에 한 방. 서걱, 서걱! 반대쪽 옆구리도 살짝 그어주고, 빠지면서 허벅지도 또 살짝 저몄다.

"으아악!"

조휘가 빠져나오자마자 용강의 입에서 비명이 터졌다. 그러면서도 여전히 뒤로 물러나고 있었다. 다리를 질질 끌면서 악착같이. 그러거나 말거나, 조휘는 다시 물었다.

"다시 묻는다. 왜 그랬어?"

"돈 안 갚아서 그랬다! 내 돈 내 놓으라 그랬다고! 내가 내 돈 빌려주고 돌려받겠다는데, 뭐 어쩌라고!"

악에 받친 용강의 말에 조휘는 히죽 웃었다. 당연히 입가의 호선은 복면속의 있으니 용강의 시선에 들어가진 않았지만, 그 대신 뚫린 구멍으로 눈빛은 들어갔다.

마(魔)가 깃든 눈빛에 제대로 노출되는 용강.

"흑!"

헛숨을 들이키는 용강에게 조휘가 다시 말했다.

"다시 묻는다. 왜 그랬어……?"

같은 말, 같은 어조.

그러나 기이하게 다른 말, 다른 어조.

용강의 눈동자에 드디어 공포라는 감정이 생겨나기 시작했다.

그래서일까? 순간적으로 사라진 조휘를 용강은 시선에 담지 못했다. 그 대가는? 좀 크다. 아니, 참혹하다고 해야 되나?

푸북!

"억……."

둔탁한 통증과 함께 하체 쪽에서 소음이 들렸다. 몸을 부르르 떤 용강이 떨리는 눈빛으로 아래를 내려다보니, 자신의 양 허벅지에 도를 꽂아 넣고 올려다보고 있는 조휘가 보였다.

새파란 눈빛. 살심이 덕지덕지 묻어 번들거리는 눈빛. 생에
한 번도 경험해 본 적 없는 눈빛에 비명조차 턱 막혀 버렸다.
조휘는 그런 용강의 시선을 받으며 다시 말했다.

"다시 물을게. 왜 그랬어?"

"……."

이번 질문에, 용강은 대답하지 못했다.

차분한 조휘의 질문은 어둠, 상황에 맞물려 용강의 심리를
압박했다.

특히 같은 질문을 계속하니 용강은 아주 미칠 지경이었다.
특히 감정이 담기지 않은 목소리에는 소름이 돋았다. 하지만
조휘는 지금 속이 아주 터져 죽을 지경이었다. 끓어오르는 살
심을 꾹 눌러 참고 있었기 때문이다.

이유는 하나.

쉽게 죽일 수 없기 때문이다.

절대로.

푹.

"크악!"

도를 뽑아내자마자 용강이 다시 비명을 내질렀다.

어둠 속에서 울린 처절한 비명. 귀가 찢어질 것 같은 그 비
명에 조휘는 발로 툭 가슴을 밀어 찼다. 허벅지가 관통당했으
니 그냥 툭 친 발길질에도 용강은 엉덩방아를 찧었다.

"악! 크으윽!"

비명도 당연히 나왔다. 아마, 말로는 설명 못 할 고통이 느껴질 것이다.

칼로 베이기만 해도 아프다. 그런데 아예 도날이 허벅지를 뚫고 들어가 반대쪽으로 살짝 빠져나왔다. 지방은 물론 근육에 신경까지 싹 베인 것이다.

크윽! 크으으!

이를 악물고 억눌린 신음을 흘리고 있는 용강을 뒤로하고 조휘는 아직 목숨을 붙여 놓은 놈에게 다가갔다.

"힉! 오, 오지 마! 오지 마!"

조휘가 다가오자마자 경기를 일으키는 놈.

조휘가 벌인 학살을 전부 본 놈이다. 그러니 얼마나 무섭겠나. 이는 극히 당연한 반응이다. 도망가고 싶지만 그럴 수가 없는 상황도 아마 미치도록 무서울 것이다.

일부러 못 도망가게 종아리, 허벅지를 깊게 베어버렸다. 고통도 고통이지만, 도망갈 수 없는 게 더 뼈아플 것이다.

와락!

멱살을 잡고 확 잡아당긴 다음, 조휘는 조용히 물었다.

"니가 대가리?"

"네! 살려주세요! 잘못했습니다! 다신 안 그러겠습니다!"

조휘의 말에 바로 고개를 끄덕여 수긍하고는 미친놈처럼 조휘에게 사과를 했다. 용서를 빌었다. 하지만 이미 늦었다. 빌거면 더 빨리 빌었어야 했다. 그리고 그 대상도 자신이 아니라 그 모녀. 자신이 괴롭혔던 그 모든 사람이다.

하지만 당연히 안 그랬고, 지금 상황은 이렇게 됐다. 빌어봐야 이미 늦었다는 소리다.

조휘는 용강회의 소속된 것들은 하나도 살려두고 싶은 마음이 없었다. 애초에 한 번 작정하면 끝장을 보는 성격이었다. 그래서 단순히 모녀의 목숨에 개입한 걸로 끝내지 않고, 아예 용강회까지 오지 않았나.

"왜 그랬어?"

"네? 네? 제, 제가 무슨 잘못을……!"

"뒈진다."

"잘못했습니다! 무조건 제가 잘못했습니다!"

"잘못을 빌지 말고, 왜 그랬는지 대답해."

"그, 그게, 그렇게 한 번씩 본보기를……."

"본보기?"

"네, 그리고 원금 상환 기간이 지나서……."

원금 상환?

개새끼들…….

"이면 계약이었다며?"

"아, 그것도……."

"어떻게 했어, 계약은?"

"피, 필사를……."

아아.

계약서 원본은 따로 있고, 그것과 똑같은 걸 하나 만든 것이다.

글자를 필사하는 놈만 있다면 감쪽같이 만들 수 있다. 물론 이 경우, 계약서의 일부 내용이 변해 있을 것이다. 놈들은 이런 방식으로 아무것도 모르는 농민들을 후려친 것이다.

그 하루하루를 열심히 살아가는 이들에게 대롱을 꼽아 쪽쪽 빨아댔던 것이다.

이후는 따져 봐야 소용없을 것이다. 이놈들에게는 힘이 있었으니까.

억울하다고 관에 신고할 수도 있겠지만 그것도 당연히 방법이 있다.

뇌물.

조휘는 자신이 직접 당해봤기에 뇌물의 힘을 아주 잘 알았다.

뒤통수 한 방 깠다고 군역 십 년을 내리게 만든 게 바로 뇌물의 힘이다. 반대로 사람을 죽이고, 사람을 죽도록 두드려 패놓고도 아무런 일도 없게 만드는 게 바로 뇌물의 힘이다.

무력과 함께 권력까지 움직이는 게 바로 금력이다. 이가 갈린다.

푹! 푹!

"악!"

곧바로 응징이 뒤따랐다. 쇄골, 옆구리에 한 방씩. 놈은 바로 비명을 내질렀다. 대가리를 나쁜 쪽으로만 쓰다가 이렇게 되니, 아주 미칠 지경일 것이다.

이게 지금 무슨 일인지, 꿈인지 생신지 감도 제대로 안 잡힐 것이다.

"네놈들이 건드린 모녀 집안의 가장과 그 아들이 왔을 거야."

"크악! 크으으! 아파! 아아악!"

혼란이 찾아왔는지 조휘의 말에 미처 발광만 떨어댄다. 그러나 이런 걸 제압하는 방법을 조휘는 안다.

"지금 바로 죽여줘?"

"……"

정말 거짓말처럼 그 협박 한 방에 놈은 지랄 발광을 멈췄다. 조휘는 다시 물었다.

"왔어, 안 왔어?"

"와, 왔습니다! 큭! 흐으으……. 흐엉! 엉엉!"

이젠 두려움에 눈물까지 터뜨렸다. 하지만 그래도 상관없었다. 아니, 오히려 이게 원하던 상황이었다.

"어떻게 했어?"

"그, 그 두드려 패서…… 흑흑!"

"또? 또? 아, 진짜. 큭큭!"

아주 그냥, 죽고 싶어 지랄을 해라. 조휘는 어차피 살려둘 생각이 없었지만 마음을 더 독하게 먹었다. 지금 이 자리에 당금의 황제가 와도 목을 따버리겠다고.

"죽었어?"

"그, 그게…….."

"죽였구나."

"아닙니다……! 아, 아직 살아 있습니다!"

염라대왕을 만날 시간이 점점 다가오고 있다는 걸 아는지, 놈의 얼굴은 하얗게 변해 버렸다. 얼굴에는 정말 눈 뜨고 못 봐줄 애원이 담겨 있었다. 하지만 그 애원, 조휘는 아주 간단히 외면해 버렸다.

"아직……?"

푹!

아악!

비명이 다시 혹 터졌다.

"죽었지?"

"흐엉! 네! 잘못했습니다! 죄송합니다! 엉엉!"

"시끄러. 처울지 말고. 니가 지금 처울 상황이야?"

"흐극! 흐극!"

조휘의 섬뜩한 말에 놈은 주둥이를 바로 닫았다. 그러나 터진 오열은 쉽게 가라앉지 않았다.

"왜 죽였어? 살려줘도 됐잖아. 모녀를 그래 놨으면 찾아온 게 당연한 거잖아? 근데 꼭 죽여야 했어?"

"자, 잘못……."

푹!

"아악!"

"시끄러워. 안 뒈져. 당한만큼 너도 당해 봐야지? 안 그래? 그리고 제발 잘못했다는 말은 하지 마. 그거 수천 번 말해도 용서 안 해줄 거니까."

그 말에 놈은 아예 사색이 됐다. 얼굴이 맞닿을 아주 가까운 거리. 조휘의 눈동자 속에 서려 있는 살기, 그리고 살소. 그걸 아주 제대로 느끼고 있었다.

"…흑! 잘못했습니다! 정말 잘못했습니다! 사, 살려만 주세요! 그럼 제가 평생 그 모녀에게 갚겠습니다!"

"또 찌른다?"

"아! 아닙니다! 지, 진짜 제가 평생 갚겠습니다! 제발! 제발 한 번만 봐주십시오! 제발!"

"야."

"네! 네!"

"너 너무 많은 걸 바라는 거 아니냐?"

"아, 그! 아, 아닙니다!"

피식.

아니긴 뭐가 아니야? 지금 그런 짓을 해놓고 살려달라고?

바랄 걸 바라야지. 너무 큰 걸 바라니 조휘는 어이가 없을 지경이었다. 하긴, 살 수만 있다면 뭐든 하는 게 인간이다.

조휘도 그러지 않았나. 살기 위해 정말 악착같이 물고 늘어졌고, 뭐든 배웠고, 뭐든 했었다. 그렇게 해서 살 수만 있다면, 한다. 그게 진조휘다.

"내가 널 살려두면? 니가 그럴 가치가 있어?"

"이, 있습니다!"

"뭔데?"

"제, 제가 머리를 좀 씁니다!"

그래, 머리 잘 쓰지. 그런데 그 머리, 분명 또 나쁜 짓 하는 데 쓸 거라는 걸 조휘는 안다.

인간의 본성이란 쉽게 변하지 않는 법이다.

조휘는 그걸 타격대에서 배웠다. 흑도 출신 놈들은 웬만해 서는 절대 변하지 않았다. 어떻게라도 도망치려고 하는 건 기 본이고, 꼭 지보다 약한 사람이 있으면 괴롭히려고 했다. 그럴 때마다 조휘가 반은 조져 놨었지만 그것도 잠깐이다.

본성은 못 숨긴다고, 자는데 기습하는 놈도 있고, 변소에

가는데 기습하는 놈들도 있었다. 실제로 말이다.

그런 경험이 있는 조휘는 솔직히 이제 눈만 봐도 이놈이 거짓말을 하나, 뒤통수를 칠 놈인가, 아니면 이제 정신 좀 차렸나. 이런 것들이 보였다.

"구라 좀 그만 쳐라. 눈깔 데굴데굴 굴리는 새끼 치고 내가 약속 지키는 놈을 못 봤거든?"

특히 눈깔 굴리는 놈.

이런 새끼들은 반드시 뒤통수를 노린다. 만약 여기서 이놈을 살려두면? 백이면 백, 조휘를 노릴 것이다. 어떻게 해서든지 말이다.

"아, 아닙니다! 진짜 착하게 살겠습니다! 그러니 살려주세요! 엉엉!"

놈은 또다시 울음을 터뜨렸다. 숫제 통곡이다. 이렇게 하면 살려줄 줄 아나 보다. 하지만 아니다. 절대로 아니라고 말할 수 있었다.

"너도 좀 살려주지 그랬어? 그 사람들 무슨 죄가 있어서 그렇게 때리고 고생하게 만들어. 어? 너는 그래도 되냐? 좀 배우니까 세상 막 하고 싶은 대로 하고 싶었어? 누가 세상에 보탬이 되어 달래? 그런 거 바라지도 않는다. 그럼 적어도 해악은 끼치지 말았어야지. 하더라도 나 같은 새끼한테 걸리지 말았어야지."

"그, 그게……."

조휘의 긴 말에 놀랐는지, 어버버하는 놈의 가슴에 푹! 도를 다시 꼽아준다.

"칵!"

"아프지? 아마 그 모녀는 더 아팠을 거야. 그리고 지금도 아파하고. 부자는 말할 것도 없고."

"죄, 죄송… 크윽! 악! 아파! 아악!"

"시끄러."

극, 그윽!

조휘는 천천히 도를 밑으로 그었다. 흑의 속 팔뚝에 힘줄이 튀어나올 정도로 꽉 힘을 주고, 천천히, 천천히 내리그었다. 도는 점차 심장에 가까워졌다. 놈의 눈에 핏발이 섰다.

알고 있는 거다. 조금만 도가 더 내려와도 자신은 끝장이라는 걸. 하지만 그걸 알면서도 놈은 빌지 못했다. 고통이 놈의 혀를 완전히 마비시킨 탓이다. 힘이 쭉 빠져나가면서 그저 입술만 뻥긋거렸다.

"뒈져서 지옥 가면 네가 괴롭혔던 사람들 찾아다니면서 꼭 사죄해. 현생에서는 그만하고."

"그으……."

부욱!

푸확!

손목을 안쪽으로 말아 일시에 심장을 손가락 길이만큼 베어내고, 그대로 뽑아냈다. 뽑자마자 찢겨나간 혈관에서 피가 훅 튀었다. 조휘는 그 피를 온몸으로 맞고, 놈의 멱살을 놓았다. 털썩 쓰러진 이후 부들부들 떠는 놈의 눈빛에선 벌써 생기가 빠져나가고 있었다.

조휘는 천천히 신형을 돌려세웠다.

저 멀리, 용강이 엉금엉금 기어 도망가고 있었다. 저벅, 저벅저벅. 일부러 소리가 나도록 용강에게 다가가는 조휘. 그 소리에 놈이 뒤를 돌아보고, 사색이 되었다.

"오, 오지 마! 오지 말라고!"

"……."

조휘는 그 소리에 답하지 않고 다가가 놈의 머리채를 확 잡았다. 그러고는 상체를 숙여 놈의 귀에 입을 대고 조용히 속삭였다.

"어디 가게?"

히끅!

히끅! 히끅!

이 딸꾹질로 용강의 현 상태가 짐작이 가능했다. 만족스러운 미소를 흘린 조휘는 천천히 다시 입을 열었다.

"이제 네 차례인데 섭섭하게 왜 이래?"

"대, 대체 뭐냐고! 네가 뭔데!"

"나? 그냥 지나가던 미친놈이라고 생각해."

조휘는 계속해서 차분한 목소리를 유지했다. 지금 당장 용 강의 목을 썰어버리고 싶다. 이 마음만은 처음부터 지금까지 변함이 없었다.

그런데도 이렇게 사람 죽이는 데 미쳐 있는 놈처럼 행동하 는 이유는 용강의 심리 상태가 완전히 무너지길 원해서였다. 절대로 쉽게 죽여줄 수 없다는 조휘의 마음이 지금 이런 상황 을 만들어냈다.

그리고 보니까, 이제 거의 다 온 것 같았다.

그 모녀들도 무서웠을 것이다. 이런 덩치 크고 흉악한 놈들 이 달라붙어 때렸으니 정말 얼마나 무서웠을까? 아마 그 시간 이 빨리 흘러가기를 바라고, 또 바랐을 것이다. 하지만 놈들 은 작정하고 킬킬거리면서 두 모녀를 구타했다.

그런 새끼다.

절대로 곱게 저승 문턱을 넘게 해줄 생각은 없었다.

"용강."

"왜! 왜!"

부르자마자 악을 바락바락 쓰는데, 눈에는 독기와 공포가 같이 서려 있었다.

"왜 그랬어?"

"아악! 뭐! 어차피 벌레들인데, 내가 뭐! 너도 이렇게 힘으로 해결하잖아! 나도 그랬을 뿐이다! 있는 힘쓰는 게 뭐가 어때서!"

"아아."

그랬어?

복면 속 조휘의 눈동자가 호선을 그렸다. 반달처럼 휘는 게 누가 봐도 웃고 있는 걸 알 수 있을 것이다.

"나도 쓰는 거야. 니 생각이랑 내 생각이랑 똑같아. 그치? 다를 것 없지?"

"왜 하필 난데!"

"그러게. 왜 하필 너일까?"

"이익!"

푹!

입새로 짜증을 내뿜는 순간 조휘의 도가 종아리에 박혔다.

악! 아악! 이 씨발 놈아! 하고 비명이 들렸다. 좋다. 버티고 버텨봐라. 조휘는 조급하게 가지 않기로 했다. 밤은 길다. 아직 이 장원에 들어온 지 한 시진도 지나지 않았다. 해가 뜨려면 못해도 두 시진은 더 있어야 할 거다. 그때까지는 조휘의 세상이다.

"내가 니가 두드려 팬 모녀를 봤다는 게 일단 이 일이 벌어진 이유야. 그 모녀가 괜찮았으면 이런 일도 없었을 건데, 아깝다?"

"그게 왜! 도대체 왜!"

"그럼 대체 왜 때렸냐? 왜 몰래 기어들어가 그 두 사람을 그렇게 때렸어? 본보기? 원금 상환? 지랄하지 마. 사기로 백성들 등쳐 먹는 새끼들이 대체 뭐가 그렇게 당당해? 넌 지금 나한테 빌어도 안 돼. 하나 얘기해 줄 게 있는데, 넌 오늘 반드시 죽어."

"그럼 죽여!"

"아, 쉽게는 안 돼. 혀 깨물고 싶으면 해봐. 너 같은 놈들은 나도 많이 봤는데, 말은 그렇게 하면서도 실제로 지 목숨은 쉽게 안 놓지. 왜냐고? 앞으로 더 개새끼처럼 살고 싶어서 그래."

이 말은 진짜다.

조휘는 타격대에서 까짓것 인생, 내일 죽어도 상관없다는 투로 말하는 놈들을 징하게도 많이 봤다.

인생 포기한 것처럼 말하던 그런 놈들이 전투에 나서면 전부 했던 말처럼 막 나가고 그럴까?

절대로 아니다. 동료의 등 뒤로 숨는 건 예사고, 도망은 기본이다. 물론 그런 놈들은 전부 추후 징계가 어마어마하게 떨어진다. 어쨌든 그렇다는 거다.

"차라리 죽이라고!"

"걱정 마. 죽여는 준다니까? 하지만 쉽게 죽을 생각은 하지 말라고."

"이 개새끼!"

"개새끼?"

쭉!

조휘의 도가 용강의 허벅지에 다시 꽂혔다. 당연히 용강의 입에서 바로 비명이 튀어나왔다.

"아악!"

"개새끼가 대체 누구한테 개새끼라는 거야?"

쭉.

한 치 조금 넘게 박아 넣었던 도를 뺀 조휘는 도에 묻은 피를 털어냈다. 이후 용강을 보자 몸을 비틀며 고통에 푹 절어 있었다. 흐극! 흐극! 하면서 울음도 토해내고 있었다.

나이도 조휘보단 많아 보이는 놈이 행동이 추했다.

"아파?"

"아파! 아프다고! 씨발! 그냥 죽이라고!"

"했던 말 계속하게 하지 마. 죽여는 준다니까. 쉽게 안 죽여 줄 뿐이지."

"아아악!"

고통, 두려움, 짜증이 혼합된 고함을 지르지만, 조휘는 꿈쩍도 안 했다. 이 정도로 마음이 흔들릴 거였으면 아예 시작도 안 했다. 조휘는 한 번 시작하면 끝장을 보는 성격이다. 어중

간함은 절대 없다.

문을 열기 전 서문영에게도 말했듯이, 개입하는 순간 책임
도 생긴다. 그러니 괜한 후환 따위, 여기서 모조리 없앤다.

"말해봐."

"뭘!"

"왜 그랬어?"

같은 말의 반복.

"아아악! 진짜 어쩌라고! 그냥 죽이라고!"

"짜증 나?"

"이 씨발 개새끼야! 죽여! 그냥 죽이라고! 좀!"

악에 받친 외침이다.

조휘의 눈이 다시 호선을 그렸다.

"좀 전에 말했는데, 또 말해줘? 왜 자꾸 했던 말을 계속하게
해?"

"이 개……!"

푹!

아악!

"욕하지 말랬잖아. 말 못 알아들어? 한두 살 먹은 애야?"

"아악! 아아악!"

손목에 틀어박힌 조휘의 도를 보며 용강은 어둠이 찢어져
라 비명을 질렀다. 처절하다 못해, 귀곡성처럼 느껴질 용강의

비명이었다. 아마 주변 사람들은 정말 모골이 송연해질 것이다. 용강회의 장원이 크지 않아 이 정도면 분명 담 너머에서도 들릴 테니까.

"푹. 개재끼야!"

다시 도를 뽑은 조휘는 용강에게 얼굴을 들이밀었다. 중원인의 눈과는 조금 다르게, 푸른색이 감도는 조휘의 눈동자.

"흐극! 흐극!"

용강은 조휘가 얼굴이 갖다대자 바로 다시 딸꾹질을 시작했다. 미쳐 버린 조휘의 행동에 공포를 거하게 집어먹은 상태였다. 그러면서도 악을 쓰는 건 분명 성격 때문일 것이다.

앞뒤 안 가리고 지르고 보는 성격들이 보통 이렇다. 아마 장산과 비슷할 거다. 놈도 조휘한테 처음 얻어터질 때 이랬으니까.

손목을 뽑아버렸는데도 장산은 끝가지 개겼다. 기개? 그렇게 생각할 수도 있지만 기개가 아니라 악이다, 독기다.

끝가지 버티고 버티지만, 그 한계선을 넘어 버리면 결국에는 무너지게 되어 있었다. 이게 조휘가 그동안 봐왔던 절대 법칙이다.

"용강."

"아으… 아으으……"

드디어 용강이 무너질 조짐을 확실하게 보이기 시작했다.

조휘는 심장이 두근두근 뛰기 시작했다. 용강의 정신이 무너지면? 그때가 진짜다. 진짜 제대로 악마가 뭔지 보여줄 생각이었다.

"왜 그랬어?"

"죽여! 차라리 죽여줘! 죽이라고!"

"왜 그랬냐니까? 이상한 소리 말고."

"으아아아!"

용강이 마구 비명을 지르며 뒤로 물러났다. 그러나 그래 봤자다. 조휘가 허벅지며 종아리며 죄다 뚫어 놓아서 이미 용강의 하체는 그 기능을 상실한 상태였다.

팔 힘으로 물러나 봐야 거기서 거기다. 미친 소처럼 용을 써봐야 조휘가 한 걸음 내딛는 걸로 거리는 다시 좁혀진다.

"용강?"

"하지 마! 하지 말라고!"

조휘의 입가에 그려지는 미소, 조휘가 마도(魔刀)라는 살벌한 별호를 갖게 된 이유다. 끝장을 보는 성격. 그럴 때마다 나오는 저 마가 씌어도 단단히 썬 모습.

"왜 그랬어?"

푹!

푹푹!

조휘의 양손에 들린 도가 도합 세 번 움직였다. 정확히 아랫배, 명치, 심장 부근을 가볍게 찔렀다가 나왔다.

악! 아악!

죽는 소리를 내지만 치명상은 아니다. 죽을 만큼 찌르지 않았기 때문이다. 조휘가 원하는 건 정신의 완전한 붕괴.

아직 죽어서는 곤란하다.

"용강? 자꾸 도망가지 마."

"아악! 오지 말라고! 오지 마!"

"그럼 도망 안 갈 거야?"

"으아아! 대체 왜! 왜 이러는데!"

했던 말을 계속하는 것도 혼란의 일종이다. 지금 용강은 자신이 그 말을 몇 번이나 했는지 알지도 못할 거다.

당장 조휘에게서 벗어나고 싶기만 할 거다.

서걱! 조휘의 도가 용강의 볼을 위에서 아래로, 정확히 일자로 손톱 길이만큼 베고 지나갔다. 아악! 비명과 함께 피가 훅 튀었다.

그러더니 볼에 손을 가져다 대고 마구 뒹굴었다. 화끈하다 못해 지옥 불만큼 뜨거울 것이다.

"흐으, 흐어엉!"

드디어 용강이 제대로 된 울음을 터뜨렸다. 마지막이 보였다. 조휘는 용강의 앞에 쭈그리고 앉아 그의 발목을 잡았다.

흑! 으아! 으아악!

용강이 발을 마구 흔들었지만 이미 신경이 끊어질 대로 끊어진 하체라, 그 반항은 미약하기만 했다.

조휘는 말없이 용강을 올려다봤다. 그러다 도를 놓고, 복면을 벗었다.

어두운 달빛에 조휘의 얼굴이 드러났지만 아마 잘 보이지는 않을 것이다.

흐극! 용강이 바로 숨을 들이켰다. 자신의 목숨을 박살 내는 흉수의 얼굴은 나이가 적든 많든, 남자든 여자든, 아이든 어른이든, 무섭게 마련이다.

"니가 자꾸 도망가니까. 일단 힘줄부터 끊고 또 시작해 보자."

"아, 안······!"

히죽.

안 되긴 뭐가 안 돼?

서걱!

'마'가 깃든 미소를 지은 조휘가 용강의 발목을 그대로 그어 버렸다.

"크으, 크으으······!"

크아악!

처음에는 억눌렸다가, 그 이후에는 아랫배에서부터 끓어오른 용오름 같은 비명이 터졌다. 조휘는 그 비명에 만족스러운 웃음을 지었다.

"아파?"

"크악! 크아악!"

"아프냐고."

조휘는 잡고 있던 발을 놓고, 다른 발을 다시 쥐었다. 그런 조휘의 행동에 용강은 정말 미친놈처럼 고개를 흔들었다.

"하! 하지 마! 제발! 살려줘! 아, 아니, 그냥 죽여줘! 차라리 죽이라고⋯⋯. 죽여. 흐엉! 흐엉엉엉!"

용강은 매우 서럽게 울면서 빌었다. 차라리 죽여 달라고, 제발 죽여 달라고. 그렇게 서럽게 비니 불쑥 이제 그만 죽일 까? 하는 생각이 치고 올라왔다. 그러나 그 생각은 곧바로 조 휘의 '마'에 부딪쳐 깨져 나갔다.

'이렇게 보내줄 수는 없지.'

이쯤에서 끝내면 지금까지 분위기를 잡아온 게 오히려 아 깝다. 작정하고 찾아온 마를 온몸으로 받고, 이 짓거리를 하 고 있는 조휘다. 이렇게 한번 하고 나면 그 후폭풍이 어마어 마하게 찾아온다.

정신을 맑게 하는 데 몇 날 며칠을 투자해도 모자랐다. 날 이 바짝 서는 것이다. 아주 작은 것에도 마음에 폭력성이 깃 든다.

감정 통제가 제대로 되지 않아 조휘도 사고를 참 많이 쳤었다.

그런 후폭풍까지 생각하면, 지금 끝내서는 안 된다. 마음이 풀릴 때까지… 조져야 했다.

서걱!

용강이 다시 애원하려고 하자 조휘는 바로 발목을 그었다.

푸숙! 소리가 주기적으로 들리며 피가 뿜어졌다. 혈관까지 제대로 그었다. 이대로 두면 과다 출혈로 죽을 것이다. 이미 안색이 창백해지고 있었다.

"흐으으……!"

흐느끼는 신음에 조휘는 만족스러운 미소를 그렸다. 이제 얼마 남지 않았다. 조금만 더 가면, 와르르 무너져 내릴 것이다. 그래서 조휘는 다시금 움직였다. 이번엔… 팔이다.

오른쪽으로 가서 손목을 척 잡자, 안 그래도 바르르 떨리던 용강의 눈빛이 마구 요동쳤다. 조휘가 무슨 짓을 하려는지 알아차린 것이다.

"제발… 제발 좀……."

목소리에도 힘이 서서히 빠지고 있었다. 조휘가 전신을 뚫어 놨다. 그곳에서 빠져나가는 피의 양만큼이나 기력도 빠지고 있는 것이다.

"걱정 마. 안 죽는다니까?"

"죽여 달라고……."

"안 죽인다니까 그러네."

서걱!

그 말이 끝나기 무섭게 조휘의 도가 움직였다. 뼈가 보일 정도로 깊숙이 뺐다. 피가 뭉클 모이더니 주르륵 흐르기 시작했다.

"크으으……."

용강은 이번엔 크게 소리를 지르지 못했다. 심력은 물론 체력까지 급속도로 빠진 탓에 이제 소리도 제대로 지르지 못하고 있었다.

"어때. 아프지?"

"죽여 주세요……."

"안 죽여, 안 죽인다고."

"살려 주세요……."

"아, 그건 안 돼. 지금 안 죽인다는 거지, 살려줄 생각이 있는 건 또 아니거든."

"……."

용강의 눈동자가 파르르 떨렸다. 지금 조휘의 모습. 누가 보더라도 미친놈이었다. 피에 젖은 악귀였다. 희대의 살인마처럼 보였다. 결단코 정상적인 모습이 아니었다. 마에 동화된 조휘의 모습이 이렇다.

이러니 이 이후 찾아오는 후폭풍이 엄청나다는 것이다.

자리에서 일어난 조휘가 반대편으로 넘어갔다. 그리고 또 손목을 잡았다. 이번에는 반항조차 하지 않았다. 마치 너 하고 싶은 대로 해라. 그리고 제발 빨리 죽여줘. 이런 심정 같았다. 하지만 그걸 보고 넘어갈 조휘가 아니다.

"반항 안 해?"

"……"

"아, 진짜. 재미없게 이럴래?"

"……"

조휘의 말에 용강은 대답하지 않았다. 그저 텅 빈 눈동자로 새까만 하늘을 올려다볼 뿐이었다.

모든 걸 내려놓았다. 안 된다. 조휘가 원하던 건 이런 게 아니었다. 더 애절하게, 보다 더 처절하게 부르짖어야 했다. 이렇게 여기서 포기하는 건 용납할 수가 없었다.

"관심이 없나 보네? 더 재미있게 해줄까? 내가 왜구들을 십 년간 때려잡았거든? 그래서 정신이 번쩍 들게 하는 방법도 꽤 나 많이 알고 있어. 그중에 곧 뒈질 놈도 잠시간 정신이 확 돌아오게 만드는 방법도 있어."

"……"

부르르.

용강의 눈이 바르르 떨렸다. 조휘의 말이 가라앉아 있던 놈의 마음을 푹 찔러 버린 것이다.

모든 것을 놓고 그냥 죽으려고 했다.

통각이 잘 안 느껴지는 틈을 타서.

그런데 조휘가 그걸 막는 방법을 알고 있다고 하니 놀란 것이다.

조휘는 용강의 귀에다 입을 바짝 붙였다.

"화끈할 거야. 기대해도 좋아."

조휘는 용강을 한 손으로 잡아 뒤집었다. 이후 척추 말단 쪽에 손가락을 가져다 댔다. 미룡혈(尾龍穴)이라는 곳이다.

신경 중추의 말초(末梢)가 되는 곳으로, 점혈당하면 뇌에 영향을 주면서 즉시 혼절하는 곳이지만, 이걸 잘 조절하면 신경 세포가 일시에 확 깨어난다. 동시에 마비되어 가던 통각도 되돌아온다.

이건 왜구를 고문할 때 쓰던 방법이었다.

죽도록 매질을 해놓고, 진짜 죽을 것 같으면 저걸로 몇 번 더 깨운다. 한계치까지 쓰다 보면 일찍 죽고 싶어서라도 아는 걸 전부 술술 불었다.

꾹! 힘을 약간 가해 미룡혈을 짚자마자 용강이 부르르 떨었다. 전신에 아마 정전기가 몰아치고 있을 것이다. 이걸 배울 때 직접 몇 번이나 체감한 적이 있었기 때문이다. 맨 정신에도 아주 짜릿하다.

조휘는 다시 용강을 뒤집었다. 이를 악문 용강의 얼굴이 보였다. 눈을 질끈 감고 있는 게, 마치 눈동자를 보여주기 싫어하는 것 같았다.

"어때, 짜릿짜릿하지?"

"씨발, 개새끼……."

조휘의 말에 대번에 용강의 입에서 욕설이 튀어나왔다. 목소리에는 좀 전보다 훨씬 힘이 있었다. 정신이 번쩍 깨면서 약간 각성 상태에 들어선 것이다.

스으윽.

조휘의 도가 용강의 한쪽 볼을 쭉 그었다. 천천히. 으드득! 그러자 이를 악물고 고통을 참는 용강.

"욕하지 말랬지."

"제발 좀……!"

"죽여 달라고?"

"그래! 그냥 죽여!"

"지겹다, 진짜. 안 죽인다니까?"

"어, 어… 차피! 어차피 죽일 거잖아, 이 개새끼야!"

"응, 나중에. 내가 처음에 말했지? 각오하라고? 지옥을 경험하게 해준다고, 분명 경고했잖아."

심마를 일으키게 만든 죄, 어머니가 돌아가신 이유를 다시금 떠올리게 만든 죄. 그건 크다.

조휘는 영웅이 아니다. 정의감 넘치는 협객이 아니다. 살기 위해서는 무슨 짓이든 했으며, 그건 앞으로도 그럴 것이다. 그리고 복수를 위해서는 그 어떤 것도 할 자신이 있었다. 적가에 완벽한 복수를 할 수 있다면 마(魔)에 영혼도 팔 각오가 되어 있는 게 조휘다.

불법이라고? 악당이라고?

솔직히 조휘의 성향은 그쪽에 가깝다. 타격대의 그 누구도 조휘가 착한 사람이라고 생각하지 않았다. 마음 따뜻한 이라고 생각하지 않았다. 다만, 지켜야 할 것들은 분명히 지켰다.

그러나 이번은 그 선을 스스로 넘었다. 모녀의 상태를 보던 그 순간에 바로.

이곳 복주까지 오면서 끓어오른 화를 억누르느라 얼마나 힘들었는지 모른다. 그리고 마침내 그걸 풀고 있는데 어찌 쉽게 끝낼 수 있겠나.

서걱!

"크악!"

손목을 잡고 다시 힘줄을 긋자, 이번엔 힘찬 비명이 터져 나왔다. 악에 받쳤고, 고통에 절어 있는 비명이었다. 게다가 미룡혈로 강제 각성시켰으니 통각 신경계는 아주 꼬리에 불붙은 망아지처럼 날뛰고 있을 것이다.

그러니 평소보다 훨씬 더 큰 고통이 뒤따르는 건 당연한 일이다.

"팔다리 힘줄만 끊었어. 걱정하지 마. 이 정도로는 금방 안 죽으니까. 내가 십 년간 전장에 있어서 좀 알거든? 인간은 쉽게 죽지만, 반대로 쉽게 죽지도 않아. 육체는 살기 위해 발악을 하거든? 근데 실제로 이게 효과가 있는지 분명 죽을 것 같은데도 잘 안 죽게 해주더라고."

"크윽! 미친놈……!"

피식. 무사들에 비하면 정말 새 발의 피다. 격각무사의 꽁

조휘는 미친놈이란 소리에 다시 용강을 올려다봤다. 억지로 감정을 통제해 아무것도 담기지 않은 눈으로 용강의 시선과 마주치며 웃었다. 아마 소름 끼칠 것이다. 충분하다 생각했

"칭찬 고마워."

푹. 런 놈들에 비하면 용강은 타격대에서도 흔히 보이는 병사
일 그으으윽!

오른쪽 가슴에 도를 살짝 꽂아 넣고, 주욱 내리긋는 조휘. 가죽, 그리고 지방층이 베이면서 혈선이 그려졌다.

이 역시 치명상은 아니다. 다만 많이 아플 것이다. 그리고 정말 혼이 나가도록 무서울 것이다. 조금만 더 깊게 들어가면 가슴이 쫙 벌어질 테니까. 놀이를 후려쳤다.

그때 조휘가 한마디를 툭 던졌다. 푹! 옆구리에 한 방 넣어

"심장 본 적 있어?" 다음, 또 쫓아가서 서걱! 허벅지를 베어

"크! 이, 이 미친 새끼야!"

"욕 좀 그만하고. 본 적 있냐고."

"그, 그걸 누가 봐! 아악! 그냥 죽여! 죽이라고!"

용강의 두 눈에 핏발이 섰다. 조휘가 한 질문의 의도를 파악한 것이다. 설마 조휘가 딴 놈의 심장을 꺼내 보여줄까? 아니면 조휘 본인 걸?

미치지 않고서야……. 그렇다면 남은 건 하나다.

조휘는 용강의 심장을 꺼낼 생각으로 한 말이다. 그런데 이게 농담이냐? 용강은 아니라는 걸 안다.

지금까지 조휘가 보여준 걸 생각하면 절대로 농담이 아니었다. 조휘는 산 사람의 심장을 꺼내고도 남을 모습을 지금까지, 충분하다 못해 넘치게 보여줬다.

"아, 그래? 너 같은 새끼들은 보고도 남았을 줄 알았는데, 의외네? 아, 궁금하다. 그치? 나도 아직 못 봤거든."

이후 나직하게 나온 조휘의 웃음소리에 용강의 얼굴은 정말… 처참하게 변했다. 그런 용강에게 조휘는 여전히 웃는 낯으로, 정말 미쳐버린 인간의 눈빛을 보여줬다.

"너도 못 봤다니까… 우리 사이좋게 하나 꺼내 볼까? 아, 근데 누구 걸 꺼내지? 음… 역시 니 것밖에 없다."

"그, 그만둬… 제발…….."

"했던 말 계속하게 하지 마. 내가 처음에 얘기했잖아? 각오하라고. 지옥을 보여주겠다고. 보여준다는데 왜 그래? 끝까지

패기를 보여 봐. 아니면 애원을 하든가."

　뭐, 둘 다 소용없겠지만.

　하고 나직하게 중얼거린 뒤 조휘는 용강의 가슴 위에 올라 탔다. 스윽, 빼꼼 고개를 내민 달빛을 받아 조휘가 손에 쥔 도가 시린 빛을 마구 뿜어냈다.

　"다음 생에도."

　"제, 제발……."

　"나쁘게 살아."

　"아, 안……!"

　"그래야 날 또 만날 것 아냐?"

　히죽.

　푹!

　그 말을 끝으로 조휘의 도가 용강의 심장에 그대로 처박혔 다.

제9장
십 년 전, 그날의 비

말과는 다르게 단숨에 용강을 끝낸 조휘는 천천히 자리에서 일어났다.

느끼지는 감정은… 아쉽다. 이 감정이었다.

왜 끝냈을까? 그렇게 끝까지 가려 해놓고?

못 버틸 걸 알고 있었기 때문이다. 용강은 한계다. 미룡혈을 눌러 강제 각성 상태로 올려놨지만 이미 한계치였다. 피를 너무 쏟았기 때문이다.

심장에 도를 틀어박기 전에 용강의 눈동자에서 생기가 급속도로 빠져나가고 있었다. 미룡혈을 누른 효과가 빠져나갔던 것이다.

원래는 이것보다 더 생기가 있을 때 써야 몇 번이고 계속 쓸 수 있는데, 조휘가 너무 난도질을 해놨다. 치사량을 한참이나 넘는 피를 쏟은 상황이라 심장 부분을 가르는 순간 용강은 저세상으로 떠났을 것이다.

그래서 마지막까지 공포만 심어주고 단숨에 죽였다.

"후우……."

한숨이 나왔다.

찝찝함.

한숨의 정체였다.

원하는 대로 일이 풀리지 않았다. 너무 흥분했던 것이다.

마에 너무 휩싸여서 원하던 선까지 못 가 생긴 아쉬움. 하지만 이미 끝났다. 아쉬움이고 나발이고, 이제 이곳에서 볼일을 봤으니 떠나야 할 때였다.

달을 보니 반 시진이 조금 넘었다. 빨리 끝난 셈이다.

용강과 머리만 남겨놓고 다른 놈들은 전부 단숨에 목을 그었다. 둘 다 바로 처리했으면 아마 반 시진이 안 되어서 끝났을 것이다.

푹, 푹.

도를 손에서 놓자 그대로 일자로 떨어지며 흙 속으로 파고들어갔다. 피어 젖어 물러진 땅이라 반이나 파고들어가서 멈쳤다.

이는 나가지 않았다. 뼈는 건드리지도 않고 피부, 지방, 근육만 베었다. 어차피 가지고 갈 만한 가치가 있는 무기는 아니었다. 이 단도를 구하느라 애를 먹긴 했지만 조휘가 사간 거라 단정 지을 수는 없을 것이다.

그리고 이제 빠르게 이곳에서, 그리고 복주에서 벗어나야했다. 피 묻은 도는 오히려 거추장스럽다.

조휘는 아까 머리가 말했던 창고를 찾았다. 찾는 건 어렵지 않았다. 대놓고 창고라고 패를 붙여 놓았으니까.

"……"

빗장을 열고 창고 문을 민 조휘는 침묵할 수밖에 없었다. 어둠에 익숙해진 시각이 정확하게 창고 끝에 누워 있는 두 사람을 찾았다.

근처의 횃불을 들어 다가갔는데도 아무런 미동도 없이 누워 있었다. 좀 더 가까이 다가가 보는 조휘.

"후우……"

그는 확인해 보지도 않고 한숨을 흘렸다.

으득!

이후 이를 가는데 그게 어찌나 소름 끼치던지. 그리고 옆에 누가 있었다면 기겁했을지도 모를 살벌한 눈빛으로 다시금 돌아갔다.

악 노인이라는 사람에게서 인상착의는 듣고 왔다. 확인해 봐야겠지만, 아마 맞을 것 같았다.

엎어진 두 사람의 몸을 뒤집는 조휘.

얼굴 윤곽까지는 정확하게 모르겠으나 나이가 많고 적음은 알 수 있었다. 딱 봐도 아직 이립 전의 청년과 마흔 중후반으로 보이는 사내.

복수하러 떠났다는 모녀의 가족이었다.

그들이 이곳 창고에서 차갑게 식어 있었다. 조휘는 시체를 많이 봐왔다. 있던 곳이 전장과 근접해 있는 만큼, 죽음과 굉장히 가까웠던 탓이다.

'적어도 반나절……'

손가락까지 빳빳하게 굳은 사후의 경직 상태로 보아, 두 부자는 적어도 반나절 전에 저승으로 향하는 배에 올라탔다. 그러한 사실을 알게 되자 속이 확 뒤집혔다.

'아, 젠장……'

그렇다는 소리는, 조휘가 이곳에 도착했을 때 바로 쳤다면 두 부자를 구할 수 있었을지도 모른다는 뜻이다.

이건 실수다.

정말 머저리 같은 짓을 해버리고 말았다는 걸 깨달았다.

왜, 왜 먼저 올 생각을 안 했을까? 왜 느긋하게 하루를 버렸을까? 서둘렀다면 이 둘을 살아 있을 때 만났을 수도 있었을 텐데, 대체 왜?

'진조휘, 이 등신⋯⋯.'

타격대에 있을 때처럼 한 것이다. 왜구의 약탈에는 앞뒤 잴 것 없이 바로 투입되지만 기습이라면 반드시 작전을 제대로 짜고 진행한다. 그리고 작전을 짜기 전에 일단 가장 먼저 해야 하는 건 당연히 정찰이다.

적의 위치, 규모, 지형, 무장, 훈련 상태 등등, 이에 대한 정찰이 선행되지 않으면 연 백호장은 절대 작전을 짜지 않았다. 그냥 무턱대고 들어갔는데 적각무사 둘이 떡하니 버티고 있으면?

전멸이다, 전멸.

생목숨이 우수수 떨어지는 거다.

죄를 지었다고는 해도, 타격대에는 누명을 쓰고 들어온 병사가 태반이었다. 진짜 죄를 크게 지은 놈들은 사실 즉결처분을 더 많이 당한다.

흔히 말하는 처형이다.

그렇다 보니 타격대에는 선량한 이들이 반이었다. 연 백호장은 정말 제대로 된 사람이라 이들의 목숨을 아꼈다.

어떻게 해서든 지켜주려 애쓴다. 그렇기 때문에 작전은 확실한 계획하에 이루어졌다. 그래야 피해를 최소화할 수 있기 때문이다.

이게, 조휘의 실수였다.

한시라도 빨리 해결해야 하는데 멍청하게도 정찰과 적의 수준을 파악하고, 거기다가 은밀성을 갖추어야 한다는 생각에 자정이 넘어 모두가 잠든 때를 기습 시작 시점으로 잡았다.

객잔에서 조휘가 때를 기다리는 동안, 두 부자는 죽은 것이다. 물론 조휘가 바로 갔다고 해도 확신은 할 수 없다. 사망 시간을 대충 유추할 뿐이지, 완벽하게 파악할 수는 없으니까.

하지만 그럼에도.

으득!

이가 확 갈렸다.

'진짜 이런 멍청한……'

자신만 생각한 것이다.

만전에 만전을 가하고 나서 치는 게 옳은 줄 알고 있던 것이다. 그렇다고 이걸 조휘의 잘못이라고 할 수는 없었다.

지나가던 이들에게 묻는다면 열에 열은 두 부자를 죽게 한 것을 용강회라 지목할 것이다. 그리고 그건 조휘도 같은 생각이긴 했다.

부자가 죽은 것에는 용강회의 대가리와 용강, 이 두 놈이 가장 결정적인 역할을 했다. 그리고 폭력을 담당한 용강회 놈들. 조휘에게는 솔직히 책임이 없었다. 다만 늦었을 뿐이다. 반나절 정도를.

조휘는 신형을 돌렸다. 그리고 다른 건물을 뒤졌다.

부엌으로 보이는 곳에서 기름이 가득 든 단지를 찾고는 바로 들고 와 창고에 뿌렸다. 불태울 작정이었다.

저 둘의 시체를 가지고 나갈 방법은 없었다. 복주를 나가려면 성문은 반드시 통과해야 한다. 그런데 시체를 끌고 가봐라. 당장 관청으로 잡혀갈 것이다.

그렇다고 이대로 방치할 수는 없었다.

땅에 묻으면 좋겠지만 장비도 없고, 시간도 없었다. 가장 좋은 방법은 역시, 화장밖에 없었다. 타격대에 있을 때도 그랬다.

한 번 출동하면 적게는 수 명, 많게는 수십 명씩 죽어나가는 곳이 타격대고, 타격대와 명의 군대가 주둔 중인 뢰주 군영이다.

그러니 실제로 전부 묻을 수는 없었고, 결국 사자(死者)의 소지품과 위패만 하나 만들어질 뿐이다. 시체는 그대로 태워진다.

군영에서 십 리 정도 떨어진 곳에 소각장이 따로… 있을 정도였다. 그러니 조휘가 선택한 방법도 당연히 화장이다. 기름을 잔뜩 뿌리고, 다시 두 부자에게 가 소지품을 걸었다.

가장인 이에게서는 은가락지가 하나 나왔고, 청년에게서는 피에 젖은 천이 하나 나왔다. 그 외에는 아무것도 없었다.

조휘는 두 물건을 품에 넣고, 사자의 곁에 창고에 있는 나무들을 붙여 놓았다. 이후 밖으로 나와 가장 큰 건물로 들어가 용강이 모아놓은 패물을 대충 챙겼다. 자신이 가질 게 아니었다.

큰일을 당한 모녀에게 건네줄 생각이었다. 빠르게 뒤지고 챙긴 다음 다시 밖으로 나와 군데군데 펴져 있는 모닥불로 가 장작 하나를 주워 들고 다시 창고로 갔다.

"미안합니다."

그 말을 전하고, 불붙은 장작을 던졌다. 화르르! 장작이 떨어지기 무섭게 불이 타오르기 시작했다. 목조 건물이니 순식간일 거다. 용강회의 시체는 건드리지도 않았다. 저 화장은 오직 부자만을 위한 것. 이 새끼들은 차디찬 바닥도 아까웠다. 할 수만 있다면 강이나 산에 던져 놓고 싶었다.

창고에 완전히 불이 붙은 걸 본 조휘는 이내 창고에서 정반대쪽으로 몸을 날렸다. 담에 도착해 주변을 살피고 바로 타고 넘어 왔던 길을 되짚어갔다.

객잔까지는 금방이었다. 애초에 멀지 않은 곳에 잡은 탓이다. 객잔 근처에 도착해 옷을 전부 벗었다. 그리고 그대로 천에 묶어 변소 안, 구석으로 던졌다. 지독한 냄새가 피 냄새도

가려줄 것이다.

이후 우물가에서 물을 끼얹고는 옷을 입고, 미리 창가에 걸어 놓은 줄을 타고 방으로 들어갔다.

방으로 들어가자마자 불쑥 떠오르는 생각.

'이런 건 전부 미리 생각해서 준비해 놓고 왜……'

정찰에 이은 기습도 그렇지만, 기습에 대한 준비와 마무리까지 전부 해놓았던 조휘다. 그러면서 정작 가장 중요한 건 생각을 하지 못했다.

멍청해도 이리 멍청할 수가 있나. 또 화가 확 일어났다.

창밖으로 시선을 돌리니, 어둠 속을 화르르 밝히는 불길이 보였다. 볼 것도 없었다. 조휘가 불을 놓은 창고다.

불이야! 불! 하는 소리도 들리기 시작했다. 사람들이 깬 것이다. 아니, 분명 그 이전에 깼을 거다. 용강회의 머리 쓰는 놈과 용강이 지른 비명이 밤하늘을 찢듯이 수놓았으니까.

분명 공간을 격하고 주변으로 퍼졌을 것이다. 마음껏 소리를 지르게 놔뒀으니 귀가 좋은 이들은 분명 듣고 깼을 것이다. 하지만 상관없었다.

조휘는 계속해서 긴장의 끈을 놓지 않고 있었다. 주변에 기척은 없었다.

이곳으로 올 때도 마찬가지. 누군가 지켜보는 시선은 느낄 수 없었다. 확신할 수는 없지만, 조휘가 못 느꼈다면 이건 아예 격이 다른 이가 지켜보았다는 뜻이다. 물론 그럴 가능성은 희박하지만, 만약 일어났다면 그 부분까지는 조휘도 어쩔 수 없었다.

사람들이 삼삼오오 담벼락 쪽으로 몰려드는 게 작게 보였다. 하지만 섣부르게 안으로 들어가지는 않고 있었다.

아는 것이다. 저곳이 용강회의 장원이라는 걸. 악마보다 더한 잔악한 새끼들, 쳐 죽여야 할 짐승만도 못한 새끼들이니 당연히 모두가 꺼렸다.

조휘는 잠시 바라보다 창문을 닫았다.

그러고는 침상에 누웠지만, 잠은 오지 않았다. 오히려 더 들끓고 있었다. 마가 빠지지 않은 탓이었다. 작정하고 받아들였으니 그리 쉽게 빠지진 않을 것이다.

"빌어먹을……."

입술을 비집고 욕설이 튀어나왔다. 후환도 없애며 복수까지 했건만, 속이 시원하질 않았다.

오히려 더 답답했다. 여러 가지 상황이 복합적으로 뒤섞이며 만들어낸 감정이 조휘의 속을 마구 긁고 있었다.

"후우……."

진정되지 않는 탓에 심호흡까지 하고 눈을 감았다. 이제는 혹시 모를 일에 대비해 체력을 보충해 둬야 했다. 짧은 시간

동안 격렬히 움직인 탓에 육체는 물론 정신에도 피로가 쌓인 상태였다.

　이럴 때는 수면이 최고였지만… 역시 잠은 오지 않았다.

　　　　　*　　　　　*　　　　　*

　마을로 돌아온 조휘는, 옥이의 집으로 돌아온 조휘는… 한동안 움직일 수 없었다. 아이고! 아이고! 명아! 명아, 이놈아! 눈 좀 떠봐라! 모녀가 누워 있던 방 안에서 들려오는 통곡 소리 때문이었다.

　"……."

　늦었던 건가?

　조휘는 속이 쓰렸다. 속이 너무 쓰려 주먹이 바르르 떨렸다. 진심으로 올라온 울화였다. 연운이 그런 조휘를 확인하고는 바로 다가왔다.

　"죄송합니다……."

　"어떻게… 된 겁니까? 괜찮다고 하지 않았습니까?"

　"……."

　연운은 고개를 푹 숙였다.

　마가 빠지지 않아 아직도 번들거리고 있는 조휘의 눈빛을 감당할 수 없었기 때문이다. 물론 그것보단 살리지 못했다는 죄책감이 더 컸다.

그래서 고개가 숙여졌고, 조휘는 손으로 눈을 덮었다.

조휘도 자각한 것이다. 지금 자신의 상태를. 끓는 울화를 억지로 좀 눌러보려 했지만, 이게 쉽지가 않았다. 깃든 마를 아직도 떼어내지 못한 것이다. 하지만 그래도 연운에 대한 감정은 없었다.

말은 그렇게 했지만⋯ 연운도 최선을 다한 것이다. 언제 숨이 넘어가도 이상하지 않을 모녀를 그나마 조금은 회생시킨 게 연운이다. 그러니 그에게는 정말 아무런 잘못도 없었다.

"후우⋯⋯."

"⋯⋯."

조휘는 정말 깊은 한숨을 토해냈고, 연운은 침묵으로 그 한숨을 받았다. 그렇게 잠시 있다가, 조휘가 먼저 입을 열었다.

"어떻게 된 겁니까?"

"두 시진 전쯤 숨을 거두셨습니다. 이유는 역시⋯ 생명의 불꽃이 다했다고 봐야겠지요."

"칠 할이었는데⋯ 삼 할이 이긴 겁니까."

"네."

"⋯⋯."

안타깝다.

분명 약재만 구해오면 회생의 확률이 칠 할까지 올라간다고 했다. 하지만 말 그대로 칠 할이다. 나머지 삼 할은 약재를 구해와도 그대로 죽을 가능성을 뜻했고, 칠 대 삼의 힘겨루기에서 삼이 이겼다.

그것도 완벽히 압도하면서.

조휘는 정말 답답했다.

여기서도 이렇다면, 부자의 소식은 대체 어떻게 전할 것인가. 조휘가 직접 확인하고 화장한 불쌍한 부자에 대한 소식을 어떻게 전한단 말인가.

또다시 부고(訃告)를 전한다? 불난 집에 기름을 붓는 정도가 아니라, 아예 화탄을 던지는 꼴이다.

으득!

용강회…….

분명 모조리 썰어버리고 왔는데, 이미 죽어 나자빠진 그들에게 살심이 마구 솟구쳤다. 그리고 회주 용강.

'너무 쉽게 죽였어. 용강 넌 진짜…….'

지금 이 순간 조휘는 용강이 다시 살아나 줬으면 하는 마음까지 들었다. 그럼 어디에 있든, 중원 천지를 뒤져서라도 찾아내 또다시 극한의 공포 속에 몰아넣고 죽여 버리게. 이게 지금 이 순간 조휘의 순수한 바람이었다.

용강회.

그들은 한 가정을 완전히 박살 냈다.

그때였다.

"으앙! 엄마, 일어나! 엄마! 엄마아……! 으아앙!"

옥이의 울음이 터졌다.

"옥아! 옥아, 이러면 안 돼!"

서문영의 말리는 목소리도 같이 들렸다. 으드득! 이가 바득바득 갈렸다. 조휘가 이를 간 뒤 연운의 목소리가 들렸다.

"아까 기절했는데… 이제 일어난 모양입니다."

"기절… 했었습니까?"

"네, 울다가 지쳐 기절했어요. 반 시진 전쯤입니다."

"후우……."

"이런 상황에 전하기는 그렇지만… 언니 쪽은 다행히 아직 숨을 붙잡고 있는 상태입니다. 어머니처럼 갑작스럽게 안 좋아지긴 했지만 그래도 겨우 숨은 붙어 있습니다. 제 오판입니다. 어느 정도 치료를 했어도 마음을 놓고 있는 게 아니었는데……."

연운이 죄책감 가득한 소리로 말하자, 조휘는 아니라고 고개를 저었다. 그가 무슨 잘못이 있나.

연운이 없었다면 모녀는 꼼짝없이 죽었다. 솔직히 모녀는 살 가망성 자체가 거의 없어 보였다. 의원은 아니지만 웬만한 의원보다도 많은 죽음을 보아온 조휘다.

진맥이나 침술처럼 전문적인 지식은 없지만 보면 어느 정도 판단이 가능했다. 이 판단은 딱 두 가지로 나눠지는데… 삶, 죽음 이게 다였다.

조휘가 모녀를 봤을 때 솔직히 죽을 거라 생각했다. 하지만 연운이 어느 정도 치료를 끝내 칠 할의 회생 가능성을 열어주었다. 그러니 솔직히 연운에게 감사해야 한다.

그걸 알고 있으면서도 조휘는 그러질 못하고 있었다. 살려주지, 어떻게든… 살려만 주지. 그런 마음을 지울 수가 없었기 때문이다.

하지만 이미 벌어진 일이다. 옥이의 어머니가 다시 살아날 일은 없었다. 죽은 사람이, 이미 한 시진이나 지난 시점에서 다시 살아나는 일은 천지가 뒤집어져도 불가능했다.

"고생했습니다."

"아닙니다. 인사 받을 일이 아닙니다. 후우, 오히려 미안합니다. 진 조장님이 이렇게나 나서 주셨는데……"

"언니는 괜찮다고 하지 않았습니까? 그걸로… 됐습니다. 제가 좀 많이 봤거든요. 죽음을. 모녀는 제가 봤을 때 언제 죽어도 이상하지 않았습니다. 그중에 한 사람이라도 살 수 있었던 건 모두 연 의원님 덕분입니다."

"……."

연운은 대답 대신 고개만 숙였다. 과분하다는 듯이. 그런 연운에게 조휘는 묵혀 두고 있던 말을 꺼냈다.

"두 모녀를 저 지경으로 만든 놈들은 전부 지웠습니다."

"……."

연운의 고개가 들려지고, 시선이 바로 조휘의 두 눈으로 향했다. 지웠다는 말의 의미를 알아차린 것이다.

생명을 살리는 직업이 의원이다. 연운의 앞에서 할 말은 아니었다. 하지만 해야만 했다.

"후환을 두는 성격이 아닙니다, 저는. 내버려 두면 언제고 다시 찾아왔을 놈들입니다. 알아보니까… 이면 계약에 인신매매까지, 악질 중에서도 악질인 놈들이었습니다."

"……."

연운은 그래도 대답하지 않았다. 다만, 후우……. 깊은 한숨을 내쉬었다. 그런 한숨에 조휘는 본론을 꺼냈다. 해야만 하는 이야기였다.

"후환을 남기지 않기 위해 새벽을 등지고 모두 없앴습니다. 그리고 그 과정에서… 옥이의 아버지와 오빠도 찾을 수 있었습니다."

"찾을 수 있었다……? 그런데 어찌 같이 오지 않으… 아, 아아……."

조휘의 말에 연운이 의아해하다가, 이내 뭔가를 눈치챘는지 눈을 질끈 감고 한탄을 토해냈다.

찾을 수 있었다고 했다. 하지만 찾았는데도 같이 오지 않았다. 이유는 결국 하나밖에 없었다.

"같이 올 수 없었습니다."

그래, 이거다.

같이 올 수 없었다.

"많이 다쳤습니까? 아니면……."

연운이 말을 흐리자,

"후자입니다."

연운이 말을 흐리게 만든 후자가 답이라고 조휘는 딱 잘라 말했다. 그러자 연운의 시선이 아직도 옥이가 구슬피 울고 있는 방 쪽으로 향했다.

한참을 그렇게 보더니, 하늘을 올려다봤다. 조휘가 도착한 이후부터 점차 모여들기 시작한 잿빛 구름. 덕분에 하늘은 매우 우중충했고, 감정의 추락에 매우 큰 도움을 선사했다.

"하늘은 왜 이리……."

이번에도 말을 마무리하지 못해 조휘가 도왔다.

"무심한지 모르겠습니다."

"후우, 이 소식을 어찌 전해야 할지……."

"……."

솔직히 말해 아니었으면 좋겠다. 자신이 화장한 사십 중반
의 사내와 십 대 후반으로 보였던 청년이 옥이의 아버지와 오
빠가 아니었으면 좋겠다. 정말 아니었으면 좋겠다.

하지만 책사로 보이던 새끼가 두 사람이 맞다고 이미 말을
해줬다.

조휘는 빳빳하게 굳어가려는 발을 억지로 뗐다. 옥이의 울
음이 들리는 곳이 목적지였다. 연운이 그 뒤를 따랐고, 마당
에 침울히 서 있던 마을 사람들이 조휘를 발견하고는 천천히
길을 열었다.

방문은 열려 있었다.

가장 먼저 보이는 건 넋을 놓고 벽에 기대고 있는 악 노인.
신을 벗고 마루로 올라서자 보이는 건 울다 지쳐 쓰러진 옥이
와 그런 옥이를 안고 있는 서문영.

인기척에 고개를 돌리는 서문영의 얼굴은 눈물범벅이었다.
눈물이 또르르 흘러내린 자국이 너무나 명확하게 볼에 그려
져 있어 정말 꼴이 말이 아니었지만, 조휘도 그렇고 서문영도
신경 쓰지 않았다.

"오, 오셨어요……."

"네, 지금 도착했습니다."

"미, 미안해요……."

"……."

느닷없이 나온 서문영의 미안하단 말에 조휘는 고개를 저었다.

아마 자신이 한 말 때문일 거다. 개입하는 순간, 끝까지 책임져야 한다고 했던 그 말. 그래서 미안하다고 한 걸 알고 있지만 어차피 조휘도 잘한 게 없는 상태였다.

조휘도… 정말 멍청한 짓을 했으니까.

악 노인은 조휘가 들어온 순간 살짝 정신을 차리고 그를 올려다보고 있었다. 그런 악 노인의 시선에 조휘는 부자에게서 회수한 물품을 꺼내놓았다.

"……."

파르르르…….

그 물품을 보자마자 악 노인의 눈빛은 다시 힘을 잃어갔다. 그에 조휘는 소리 나지 않게 입술을 깨물었다.

알고 있었지만,

맞을 거라 예상했지만,

빗나가길 바랐다.

그러나 빗나가지 않았다.

뚝.

뚝뚝.

쏴아아아…….

시기 좋게, 하늘은 비를 내렸다.

같았다.

조휘가 십 년 전, 두 분을 묻었을 때 내렸던 비와.

『마도 진조휘』 2권에 계속…